Pharaoh's Daughter

Nuala Ní Dhomhnaill

Pharaoh's Daughter

REVISED EDITION

Wake Forest University Press

WAKE FOREST UNIVERSITY PRESS
This book is for sale only in North America.
First published in Ireland
by The Gallery Press in 1990.
Text design by Peter Fallon.
Printed in the U.S. by Thomson-Shore.
Poems in Irish © Nuala Ní Dhomhnaill.
Translations ©
Ciaran Carson
Michael Coady
Peter Fallon
Michael Hartnett
Seamus Heaney
Michael Longley
Medbh McGuckian
Tom MacIntyre
Derek Mahon
John Montague
Paul Muldoon
Eiléan Ní Chuilleanáin
George O'Brien
and Wake Forest University Press.
First U. S. Edition published 1993.
ISBN 0-916390-53-5
LC Card Number 92-51046
This book was generously supported by
GARY JOHNSON
Sixth printing

for Şelâle

Poems in Irish

Poems in English

NUALA NÍ DHOMHNAILL

Geasa

Má chuirim aon lámh ar an dtearmann beannaithe,
má thógaim droichead thar an abhainn,
gach a mbíonn tógtha isló ages na ceardaithe
bíonn sé leagtha ar maidin romham.

Tagann aníos an abhainn istoíche bád
is bean ina seasamh inti.
Tá coinneal ar lasadh ina súil is ina lámha.
Tá dhá mhaide rámha aici.

Tairrigíonn sí amach paca cártaí,
'An imréofá breith?' a deireann sí.
Imrímid is buann sí orm de shíor
is cuireann sí de cheist, de bhreith is de mhórualach orm

Gan an tarna béile a ithe in aon tigh,
ná an tarna oíche a chaitheamh faoi aon díon,
gan dhá shraic chodlata a dhéanamh ar aon leaba
go bhfaighead í. Nuair a fhiafraím di cá mbíonn sí,

'Dá mba siar é soir,' a deireann sí, 'dá mba soir é siar.'
Imíonn sí léi agus splancacha tintrí léi
is fágtar ansan mé ar an bport.
Tá an dá choinneal fós ar lasadh le mo thaobh.

D'fhág sí na maidí rámha agam.

MEDBH McGUCKIAN

The Bond

If I use my forbidden hand
To raise a bridge across the river,
All the work of the builders
Has been blown up by sunrise.

A boat comes up the river by night
With a woman standing in it,
Twin candles lit in her eyes
And two oars in her hands.

She unsheathes a pack of cards,
'Will you play forfeits?' she says.
We play and she beats me hands down,
And she puts three banns upon me:

Not to have two meals in one house,
Not to pass two nights under one roof,
Not to sleep twice with the same man
Until I find her. When I ask her address,

'If it were north I'd tell you south,
If it were east, west.' She hooks
Off in a flash of lightning, leaving me
Stranded on the bank,

My eyes full of candles,
And the two dead oars.

NUALA NÍ DHOMHNAILL

An Ceann

Fear is ea Thomas Murphy, fear m'aintín,
a aithníonn ceann thar cheannaibh.
Níl tuama dá n-osclaítear thall i dTeampall Chaitlíona
i bparóiste Fionntrá nach féidir leis gach plaosc ann a rianadh
díreach ach féachaint ar na fiacla. Is nuair a thagann sé
ar chnámh lorgan a briseadh tráth is go bhfuil rian
an chniotála fós le léamh air, tá a fhios aige cé tá aige,
a ainm is a shloinne, is fiú tá cúntas aige ar conas
a tharla an óspairt.

Ach fós deir sé liom nár thóg sé riamh ina láimh
an rí ar fad orthu, plaosc Thomás a' Chinn.
De Mhuintir Chíobháin ab ea é, anuas ó Chill Uraidh
is bhí sé garbh láidir toirtiúil ina mheon is ina chruth.
Chuaigh sé i ngeall dhá ualach capaill de ribíní feamnaí
le fear ó Rath Fhionáin, mac baintrí,
ach seans buille a bhualadh sa cheann air.
Do bhí mo dhuine go dícheallach ag roghnú a mhaide
is sa deireadh thoigh sé faid ribín úime
ó úim Thomáis Uí Chíobháin. Chuir sé in airde a mhaide
is thug sé slais mhaith láidir timpeall na cluaise air.
Dhein dhá smut den maide is corraí níor dhein Tomás
ach do chuimil sé a chluais is do líon sé a dhá ualach
feamnaí is do bhailibh sé leis abhaile iad.

Anoir ó Áth na Leac ab ea a bhean
is chuaigh sé isteach an chistin chúichi.
Bhí siúinéir an uair sin i gCill Uraidh
is bhí sé ina shuí cois na tine aici.
Bhí cónra déanta aige go cruinn is go beacht
go raibh bileog orlaigh nó orlaigh is ceathrú inti.
'Ba dheas liomsa an fear a chuirfeadh clár isteach
le buille thruip uirthi,' ar seisean.

CIARAN CARSON

The Head

My auntie's man, Tom Murphy, has a talent
For identifying skulls.
There's not a head he wouldn't recognise, any time
They'd open up a tomb in Caitlin's graveyard, over there
In Ventry parish. He knows them by their teeth.
And when he comes across a badly-knitted bone, he reads
The jagged line like script. He'll have the name, the surname,
And a story about how it happened
As long as your arm.

But he tells me there's a skull he's never managed yet
To lay his hands on — the real king of them all, the skull
Of Tom the Head. This was one of the Kavanaghs from
    Killdurrihy,
A great big hulk of a body, with a mind to match.
He made a bargain with this character one day,
A widow's son from Rathanane: two horseloads of kelp
For letting him take a belt at his head.
The character deliberates about his choice of weapon, till
At length he lifts this pannier-pin, and gives the Head
An awful crack on the ear. The stick broke in two bits
While Tommy . . . Tommy never turned a hair, but rubbed his
    earlobe
Absentmindedly, and set off homewards
With his two loads of manure.

His wife was from back East, from Annaleck.
So he walks into the kitchen one day, and this joiner
And the wife are hob-nobbing by the fire.
There's a great big coffin made of one-inch — no, an inch
And a quarter — deal boards. 'I'd like to see the man,'
The joiner says, 'who could break one of these boards
With one kick of his boot.'

'Fear gan ainm ná déanfadh é lena cheann,'
arsa Tomás, is do dhruid sé uaidh siar
is do bhuail sé buille dá bhaitheas glan díreach ar an gcónra
is do chuir sé an clár isteach uirthi.

Ní hionadh mar sin nuair a cuireadh é i bhFionntrá
i dTeampall Chaitlíona go raibh a phlaosc fós le haithint ann.
Ceann Thomás a' Chinn a tugtaí air
is bhíodh daoine ag déanamh iontais dó.
Ach dá mhéid é a scrothaíocht ní raibh aon bhreith ag Tomás
    riamh
ar Leanbh Mór an Ghleanna, a chónaigh thiar i nGleann Fán.
Floruit timpeall na bliana 1784, bliain an Droch-Earraigh
— deich mbliana nó mar sin roimis bliain Maraithe na bhFear
sa Daingean — níor fhan súgán i gcathaoir nó sop tuí i leaba
nár itheadh an bhliain sin.
Bhí sé sa tairngreacht go dtiocfadh a leithéid ann
is iontas ab ea é. Banlámh anairte a dhéanfadh muinchille
a riosta is an beart bruis a thabharfadh sé anuas ón gcnoc
bhíodh toirt botháin ann. D'aistríodh sé bád
síos is suas is seisear fear fén dtaobh eile dho.
Bhris sé lámh duine lá leis an bhfáscadh a thug sé do.

Tomás Conchúir, is é ag marcaíocht ar a stail bhán
chuaigh sé isteach i dtigh an Linbh mar bhí gaol aige
lena mháthair. Fuair sé muga maide de ghruth is meadhg
is d'ól é go sásta is do shín an muga go dtí an Leanbh.

                              'It would be an awful runt,'
Says Tom, 'who couldn't do it with his head,' and with that
He puts a cracker of a head-butt
Clean through the coffin.

So it's no wonder, when at last they put him under —
In Ventry parish, in St. Caitlin's graveyard —
That the skull achieved a kind of notoriety.
They called it the Head of Tom the Head
And it became a byword in the district.
But for all his incredible bulk he was a shadow
When you put him up against the Big Child of the Glen.
Glen Fahan was his dwelling-place, and in the year of 1784
Or thereabouts, he was at his peak. That was the Year of the Bad
    Spring,
About ten years, come to think of it, before the Massacre
In Dingle. Straw ropes and mattresses were in short supply
That year; the cattle — and the people — had them ate.
It had been prophesied that such a one would come,
And so the legend was born. The makings of the wristband of his
    shirt
Would take a yard of linen, and the brushwood
That he'd gather on the mountain would provide a good-sized
    shed.
Hauling boats, or launching them, the Child would be on one
    side,
Seven strong men on the other.
And he broke this boyo's arm one day, with one twist of his
    wrist.

One day Tommy Connor was abroad on his white stallion.
He walks into the Child's place — he was some relation of the
    mother —
Lifts a wooden mug of curds and whey, and knocks it straight
    back.
He hands the Child the empty mug.

Níor dhein sé siúd aon ní ach breith ar Thomás Conchúir
is é a bhuladh faoina ascaill is gabháilt amach
an doras leis. Bhí a mháthair ina choinne.
'Cá bhfuileann tú ag dul leis sin?' 'Chun é a chaitheamh le haill,'
arsa an Leanbh. Bhí a mháthair ag bladar is ag bladar
is ag tathant is ag fógrú air go dtí sa deireadh
gur scaoil sé leis. Ní raibh an Leanbh an lá sin
ach naoi mbliana d'aois is trí bliana déag a bhí sé
nuair a cailleadh é. B'éigean do mhórsheisear fear
dul faoin gcomhrainn is tá sé ainmnithe riamh ó shin
ar an bhfear is mó a mhair sa dúthaigh riamh.

Ach cén bhaint atá aige seo go léir liomsa
nó caith uait na céapars, a deireann tú.
Tá, go siúlann na daoine seo go léir, go reigleálta
isteach i mo thaibhrithe. Inné roimh lá
bhí fathach mór d'fhear óg, an Leanbh, ní foláir,
trasna an chuain uainn is bhíos-sa agus na leanaí
ag iarraidh é a mhealladh chughainn anall
tré sholas a lasadh, faoi mar a bheadh tóirse gluaisteáin
ann/as, ann/as, ann/as — trí lasadh fada
is trí cinn ghearra arís, ar chuma S.O.S.
Féachaint an dtuigfeadh sé an scéala
is go dtiocfadh sé i leith;
féachaint an bhféadfaimis teangmháil a dhéanamh leis ar
   deireadh.

What does the Child do?
He oxters Tommy up and heads out the door with him.
The mammy jumps up. 'What in God's name, Child, are you at?'
'I'm gonna toss him off the cliff,' the Child says,
And it took the ma to call him all the names of the day
Before he let him go. He was nine at that time; thirteen
When he died. It took six strong men
To lift the coffin, and he's known to this day
As the biggest child that ever roamed these parts.

But what has this to do with anything, you might say, all this
    bullshit?
Just this: these people swim into my ken with marvellous
Regularity. Just yesterday, before first light, an enormous
    giant of a youngster —
It could only be the Child — was signalling across the bay to
    us,
And the children and myself were trying to guide him over to
    our side,
Flashing a light — a car flashlight, maybe — on/off, on/
Off, on/off . . . three long bursts and three
Short bursts, three long ones again, for all the world like
    S.O.S. —
Hoping he would get the message, trying to see if he would talk
    to us,
Or, finally, if we could talk to him.

NUALA NÍ DHOMHNAILL

I mBaile an tSléibhe

I mBaile an tSléibhe
tá Cathair Léith
is laistíos dó
tigh mhuintir Dhuinnshléibhe;
as san chuaigh an file Seán
'on Oileán
is uaidh sin tháinig an ghruaig rua
is bua na filíochta
anuas chugham
trí cheithre ghlún.

Ar thaobh an bhóthair
tá séithleán
folaithe ag crainn fiúise,
is an feileastram
buí
ó dheireadh mhí Aibreáin
go lár an Mheithimh,
is sa chlós tá boladh
lus anainne nó camán meall
mar a thugtar air sa dúiche
timpeall,
i gCill Uraidh is i gCom an Liaigh
i mBaile an Chóta is i gCathair Boilg.

Is lá
i gCathair Léith
do léim breac geal
ón abhainn
isteach sa bhuicéad
ar bhean
a chuaigh le ba
chun uisce ann,
an tráth
gur sheol trí árthach
isteach sa chuan,

MICHAEL COADY

In Baile an tSléibhe

In Baile an tSléibhe
is Cathair Léith
above Dunleavys' house
from which one time
the poet Sean moved
out to the Great Blasket:
his foxy hair
and craft of words
came down to me
through four generations.

From April's end into
the heart of June
the wayside stream is veiled
under conspiracies
of yellow flag
and fuschia;
the yard is scented
with mayweed
or camomile
as it is called
throughout this
commonwealth of ground
from Cill Uraidh to Com an Liaigh,
from Baile an Chóta to Cathair Boilg.

It happened too
in Cathair Léith
a woman leading
cows to drink
saw a white trout
leap from the stream
to land alive
inside her bucket —
that time three ships
surprised the bay,

gur neadaigh an fiolar
i mbarr an chnoic
is go raibh laincisí síoda
faoi chaoirigh na Cathrach.

the eagle nested
on the hill
and Cathair sheep
wore silken spancels.

NUALA NÍ DHOMHNAILL

In Memoriam Elly Ní Dhomhnaill (1884-1963)

Fuair sí céim onórach
sa bhitheolaíocht
i míle naoi gcéad is a ceathair.
Ansin chuaigh abhaile
chun a baile fearainn
tóin le gaoith,
taobh thíos de chnoc,
is d'fhan ann faid a marthain.

Níor phós sí riamh.
Ní raibh éinne timpeall maith a dhóthain di.
Nuair a phós a deartháir
ní raibh an bhean a phós sé
maith a dhóthain dó, shíl sí,
agus do dhíol sí an talamh orthu.

Do throid sí a hathair.
Do throid sí a deartháir.
Do throid sí an sagart paróiste.
Dar léi, níor chóir
na síntiúis a bheith á léamh amach os ard
i lár an Aifrinn.
Thuig sí an t-uaibhreas
a chuirfeadh ar dhaoine bochta
íoc thar a gcumas don Eaglais
ag fágáil a leanaí ocrach.
Dá réir sin,
shuíodh sí ina piú féin go sásta
a lámh ar a bata draighneáin
is ar a ceann hata,
fad a nglaoití amach ón altóir
'Elly Ní Dhomhnaill — dada'.

GEORGE O'BRIEN

In Memoriam Elly Ní Dhomhnaill
(1884-1963)

She got an honours degree
in biology in Nineteen-four,
then went back to her homeland
at the butt of the hill,
its backside to the wind,
and stopped there all her days.

She never married.
No one around was good enough for her.
When her brother married,
his bride wasn't good enough for him,
in Elly's view, and
she sold their land.

She fought with her father.
She fought with her brother.
She fought with the P.P.
To her it was all wrong
that dues were read out aloud
in the middle of Mass.
She saw right well the cheek —
imposing on the poor
to pay the Church beyond their means
and leave their children hungry.
On that account, she'd sit
satisfied in her own pew,
hand on her blackthorn,
hat on her head,
awaiting the call from the altar,
'Elly Ní Dhomhnaill — nothing.'

M'athair an t-aon duine
a théadh á féachaint
— *pius Aeneas* na clainne —
is nuair a cailleadh í
d'fhág sí an tigh aige
a dhíolamar de bharr taise.
Gheallas-sa go scríobhfainn litir chúichi
rud nár dheineas.
B'fhéidir gur litreacha
a bhfuil scríofa ó shin agam
a seoladh chuig an spiorad uaibhreach
nár chall di luí
le fear a diongbhála.

Cuireadh m'fhear céile
ar a aire im choinne
ar eagla an drochbhraoin chéanna,
á rá go rabhas-sa mar í féin,
cúl le cine,
is nach raibh aon oidhre eile uirthi.

Fadó
bhí binib sa bhfeochán gaoithe ag séideadh ó Bhinn os Gaoith
is ár sinsear ag dul le heallach isteach go Macha na Bó.

The only one to visit her
was my father
— the family's *pius Aeneas* —
and when she went
she left him the house,
which we sold — too damp.
I promised to write to her,
but didn't.
Maybe letters I've written since
addressed themselves to that proud spirit,
who had no call to lie
with a man her match.

My own man was guarded
when he met me,
for fear of the same bad drop,
saying I was just like her,
a loner,
her sole heir.

In olden times
there was venom in the withering wind from Binn na Gaoith
as our people were herded into Macha na Bó.

NUALA NÍ DHOMHNAILL

Éirigh, A Éinín

Éirigh, a éinín, i mbarra na gcraobh
is beir ar an ngéag uachtarach le do chrúcaí,
scol amach go haerach in ard do ghutha is do chinn
do shiolla glórmhar fuaime, in aon sconna amháin nótaí.
Ansan dein arís é is meabhraigh faoi dhó nó faoi thrí
na fíricí bunaidh do mo leithéidse ainmhí — abair
cé gur chailleas mo stór nach dócha gur chailleas mo chiall
is cé gur mór é mo bhrón nach bhfuil teora le ceolta an tsaoil.

Éirigh is cuir in úil dúinne, a mhaireann go bocht,
le méid an tochta a líonann do chroí is t'ucht
go bhfuil na ba bainne ag iníor
ins na móinéir cois abhann, feileastram is féar
ag dul go cluasa orthu; iad ag cogaint na círeach go réidh
malltriallach, muinín is foighne le feiscint ina súile séimhe
cé go bhfuil leoraí an bhúistéara ag feitheamh leo is an leith
uisce i bfolach faoi scáth an bhiolair sa bhféith.

Go bhfuil triúr ban faoi scairfeanna saorga ag tabhairt an turais
ag Tobar Naomh Eoin Baiste na Mináirde, iad tagaithe abhus
ón gCom is ón nDaingean, iad ag cur beagáinín allais
ina ngúnaí *crimplene* le méid an teasa lae Lúnasa.
Ardaíonn an bhean is raimhre orthu a guth, ag rá na Coróineach
i mBéarla na tuaithe, dechniúr i ndiaidh deichniúir
ag ardú is ag ísliú mar dhordán beiche nó traonaigh.
Tá na cuileanna glasa ag leathadh ubh ar na sméara os a gcomhair.

Inis go bhfuil tóithín turasóra mná anall ó Shasana
i mbicíní buí ag éirí as an dtoinn,
í ag siúl trasna go doras a ceampair GB
is le tuáille straidhpeach á triomú féin ar an gclaí;
go bhfuil a bolg slim is buí ón ngréin,
a cíocha mar *grapefruit*, córach agus cruinn,
cíor gruaige ina deasóg is buidéal seampú *Loxene* ina láimh chlé,
gan de dhíth uirthi mar Véineas ach amháin an sliogán muirín.

MICHAEL HARTNETT

Celebration

Rise, small bird, to the top of the tree
and clasp the topmost branch with your feet,
sing out from your throat
your torrent of glorious notes
and then your melody re-enact:
remind me, earthbound, of some basic facts —
say if love leaves me I'll hardly lose my mind
and though grief is great so's the music of life.

Rise and tell to us poor creatures
by your bursting *joi de vivre* and sweetness
that the cows low sweetly in river fields
with grass and wild flag up to their ears
chewing the cud with contented sighs,
trust and patience in the solemn eyes
though the butcher awaits them and liver-fluke
hides in the cresses of every brook.

Tell how headscarved women pray the ritual
in Minard at John the Baptist's well.
Come from Dingle and Camp, they start to sweat
in their crimplene dresses in August heat.
The fat one starts the Rosary chanting,
decades rise and fall in a rustic mantra
like corncrake-call or hum of bees
while fruitflies dust with eggs the blackberries.

Tell how a dolphin-like English girl
in a yellow bikini rides the sea-swell,
strides to the door of her caravan,
dries herself, striped towel in hand.
Tell how her belly is sun-browned,
her breasts like grapefruit full and round,
a hairbrush in her hand, a tube of *Loxene* gel —
a Venus without her scallop-shell.

Éirigh is cuir do chroí amach, i ngan fhios
duit tá bean mheánaosta dhuairc ag gabháilt na slí,
í ag trasnú na duimhche, ag gabháilt anuas bóthar an Fhearainn
is leanbh máchaileach á thiomáint aici roimpi.
Tá scamall anuas ar an mbean is gramhas ar a pus,
a stocaí laisteacha ag cur uirthi ag an dteas
cé gur mheasa go mór ná san, dar léi, an tinneas
óna féitheoga *varicose* dá mbainfeadh sí iad anuas.

Can amach go hard, ó scáth an chrainn daraí,
a smólaigh mhóir, tharrbhreac, do chuid spotaí
ag cur réilthíní speabhraoide orm, tapaigh anois do sheans
go gcloisfidh an leanbh tú, is é suite suas sa phram;
buailfidh a bhosa ar a chéile is déanfaidh gáirí
is cuirfidh in úil dona mháthair ina shlí féin: 'A Mhaim,
cuir suas dos na smaointe is don duairceas tamall
tá éinín ag canadh ar dalladh ar bharra na gcrann'.

Féachfaidh an bhean aníos as an gceo modardhorcha
atá ar foluain ina timpeall, is glacfaidh sí misneach is ciall.
I gcrapadh na súl sínfidh cosa ón ngréin tríd an néal
féintrua atá á milleadh, is leathfaidh fáth an gháire ar a béal.
Chímse an gáire agus is fearr liom é na fáth a goil
is tuigim gur mhaith an díol ort an moladh, do rud chomh
      beag,
do scaltarnach mire mar fhianaise ar an aiteas is an phian
a bhaineann le marthain, mo dhálta féin, a éinín.

Rise and sing though unaware
that a middle-aged woman is on her way,
depressed in the sand dunes, pushing for miles
a pram which contains a retarded child.
Her face is a picture of defeat,
her elastic stockings killing in the heat
but even worse, she'd know greater pain
without them from her varicose veins.

Sing out loud from the shade of your oak,
mistle thrush with your speckled throat
dazzling my eyes, sing while you can
to the still child in the small pram.
He will clap his hands and start to laugh
conveying this delight to his Mam:
'From your brooding take some ease,
hear the small bird on the top of the trees!'

The woman breaks through the fog around her,
her courage and sense again have found her.
In the flash of an eye a sun ray will fall
and she will smile through her self-pitying pall.
I prefer that smile to her depressed face —
you, small bird, deserve all praise,
your song is a witness to the pain and joy
that goes in hand with just being alive.

NUALA NÍ DHOMHNAILL

Féar Suaithinseach

Nuair a bhís i do shagart naofa
i lár an Aifrinn, faoi do róbaí corcra
t'fhallaing lín, do stól, do chasal,
do chonnaicis m'aghaidhse ins an slua
a bhí ag teacht chun comaoineach chughat
is thit uait an abhlainn bheannaithe.

Mise, ní dúrt aon ní ina thaobh.
Bhí náire orm.
Bhí glas ar mo bhéal.
Ach fós do luigh sé ar mo chroí
mar dhealg láibe, gur dhein sé slí
dó fhéin istigh im ae is im lár
gur dhóbair go bhfaighinn bás dá bharr.

Ní fada nó gur thiteas 'on leabaidh;
oideasaí leighis do triaileadh ina gcéadtaibh,
do tháinig chugham dochtúirí, sagairt is bráithre
is n'fhéadadar mé a thabhairt chun sláinte
ach thugadar suas i seilbh bháis mé.

Is téigí amach, a fheara,
tugaíg libh rámhainn is speala
corráin, grafáin is sluaiste.
Réabaíg an seanafhothrach,
bearraíg na sceacha, glanaíg an luifearnach,
an slámas fáis, an brus, an ainnise
a fhás ar thalamh bán mo thubaiste.

Is ins an ionad inar thit
an chomaoine naofa féach go mbeidh
i lár an bhiorlamais istigh
toirtín d'fhéar suaithinseach.

SEAMUS HEANEY

Miraculous Grass

There you were in your purple vestments
half-way through the Mass, an ordained priest
under your linen alb and chasuble and stole:
and when you saw my face in the crowd
for Holy Communion
the consecrated host fell from your fingers.

I felt shame, I never
mentioned it once,
my lips were sealed.
But still it lurked in my heart
like a thorn under mud, and it
worked itself in so deep and sheer
it nearly killed me.

Next thing then, I was laid up in bed.
Consultants came in their hundreds,
doctors and brothers and priests,
but I baffled them all: I was
incurable, they left me for dead.

So out you go, men,
out with the spades and scythes,
the hooks and shovels and hoes.
Tackle the rubble,
cut back the bushes, clear off the rubbish,
the sappy growth, the whole straggle and mess
that infests my green unfortunate field.

And there where the sacred wafer fell
you will discover
in the middle of the shooting weeds
a clump of miraculous grass.

NUALA NÍ DHOMHNAILL

An Crann

Do tháinig bean an leasa
le *Black & Decker*,
do ghearr sí anuas mo chrann.
D'fhanas im óinseach ag féachaint uirthi
faid a bhearraigh sí na brainsí
ceann ar cheann.

Tháinig m'fhear céile abhaile tráthnóna.
Chonaic sé an crann.
Bhí an gomh dearg air,
ní nach ionadh. Dúirt sé
'Canathaobh nár stopais í?
Nó cad is dóigh léi?
Cad a cheapfadh sí
dá bhfaighinnse *Black & Decker*
is dul chun a tí
agus crann ansúd a bhaineas léi,
a ghearradh anuas sa ghairdín?'

Tháinig bean an leasa thar n-ais ar maidin.
Bhíos fós ag ithe mo bhricfeasta.
D'iarr sí orm cad dúirt m'fhear céile.
Dúrtsa léi cad dúirt sé,
go ndúirt sé cad is dóigh léi,
is cad a cheapfadh sí
dá bhfaigheadh sé siúd *Black & Decker*
is dul chun a tí
is crann ansúd a bhaineas léi
a ghearradh anuas sa ghairdín.

'Ó,' ar sise, *'that's very interesting.'*
Bhí béim ar an *very*.
Bhí cling leis an *-ing*.
Do labhair sí ana-chiúin.

PAUL MULDOON

As for the Quince

There came this bright young thing
with a Black & Decker
and cut down my quince-tree.
I stood with my mouth hanging open
while one by one
she trimmed off the branches.

When my husband got home that evening
and saw what had happened
he lost the rag,
as you might imagine.
'Why didn't you stop her?
What would she think
if I took the Black & Decker
round to her place
and cut down a quince-tree
belonging to her?
What would she make of that?'

Her ladyship came back next morning
while I was at breakfast.
She enquired about his reaction.
I told her straight
that he was wondering how she'd feel
if he took a Black & Decker
round to her house
and cut down a quince-tree of hers,
et cetera et cetera.

'O,' says she, 'that's very interesting.'
There was a stress on the 'very'.
She lingered over the 'ing'.
She was remarkably calm and collected.

Oileán

Oileán is ea do chorp
i lár na mara móire.
Tá do ghéaga spréite ar bhraillín
gléigeal os farraige faoileán.

Toibreacha fíoruisce iad t'uisí
tá íochtar fola orthu is uachtar meala.
Thabharfaidís fuarán dom
i lár mo bheirfin
is deoch slánaithe
sa bhfiabhras.

Tá do dhá shúil
mar locha sléibhe
lá breá Lúnasa
nuair a bhíonn an spéir
ag glinniúint sna huiscí.
Giolcaigh scuabacha iad t'fhabhraí
ag fás faoina gciumhais.

Is dá mbeadh agam báidín
chun teacht faoi do dhéin,
báidín fiondruine,
gan barrchleite amach uirthi
ná bunchleite isteach uirthi
ach aon chleite amháin
droimeann dearg
ag déanamh ceoil
dom fhéin ar bord,

thógfainn suas
na seolta boga bána
bogóideacha; threabhfainn
trí fharraigí arda

JOHN MONTAGUE

Island

Your nude body is an island
asprawl on the ocean bed. How
beautiful your limbs, spread-
eagled under seagulls' wings!

Spring wells, your temples,
deeps of blood, honey crests.
A cooling fountain you furnish
in the furious, sweltering heat
and a healing drink
when feverish.

Your two eyes gleam
like mountain lakes
on a bright Lammas day
when the sky sparkles
in dark waters.
Your eyelashes are reeds
rustling along the fringe.

And if I had a tiny boat
to waft me towards you,
a boat of findrinny,
not a stitch out of place
from top to bottom
but a single plume
of reddish brown
to play me on board,

To hoist the large white
billowing sails; thrust
through foaming seas

NUALA NÍ DHOMHNAILL

Caoineadh Mhoss Martin

Nua do chur, a Mhoss,
i reilig Chaitlíona
ag meabhrú dúinn go gcaithimid bás
d'fháil, cé ná feadairmid
cén am, cén áit, nó cad é an nós.

Níorbh fhearra aon áit
ná thall sa halla
ag seinm ceoil
do phócaí falmh'
gan le fáil ar feadh blianta
ach pinginí pitseála
is nár dhiail nár shleamhnaigh an ceol uait
go dtí an neomat a shleamhnaigh an t-anam.

Ná níorbh fhearra aon nós
ná gléasta i gcóir cóisire
led charbhat craorag
is léine de dhath an bhradáin
is go raibh dhá aingeal choimhdeachta
de shagairt ar do cheann ann
is a gcótaí á leathadh mar philiúr fút.

Sheinnis mar ghainéad
ag tomadh i bhfarraige,
dá airde a éiríonn
is ea is doimhne a thuirlingt.
D'aimsíteá nótaí,
maicréil ag ráthaíocht,
ach sa gheábh deiridh
chuais greamaithe san Náth
mar an t-éan mór bán,
cheal aolchloch na beatha
chun tú a thabhairt slán.

GEORGE O'BRIEN

Lament for Moss Martin

Fresh in your grave, Moss,
in St. Catherine's cemetery,
putting us in mind we all die,
and don't know where, when or how.

There was no place better
than over in the hall,
you playing for peanuts,
through the years getting damn-all
only pittances, but never sold out
or let slip the music from you
till the moment your soul slipped from you.

And in no finer style
than your kosher outfit,
crimson tie, salmon shirt;
and there were two ushering angels
of priests there at your head,
their coats spread for your pillow.

You played like a gannet
plunging into the sea,
rising as high as you dived deep.
Your die-cast notes, mackerel shoaling,
but in the final run
you got stuck in the Náth
like the great white bird,
lacking the limestone of life
to save you.

NUALA NÍ DHOMHNAILL

Mo Mhíle Stór

I dtús mo shaoil do mheallais mé
i dtráth m'óige, trí mo bhoige.
Thuigis go maith
go bhféadfaí mo cheann a chasadh
le trácht ar chúirteanna aoldaite,
ar chodladh go socair i gcuilteanna
de chlúmh lachan,
ar lámhainní de chraiceann éisc.

Ansan d'imís ar bord loinge,
chuireas mo mhíle slán i do choinne.
Chuireas suas le bruíon is le bearradh
ó gach taobh; bhí tráth ann
go bhféadfainn mo chairde a chomhaireamh
ar mhéireanta aon láimhe amháin,
ach ba chuma.

Thugais uait cúrsa an tsaoil
is d'fhillis abhaile.
Tháinig do long i dtír
ar mo leaba.
Chlúdaíos le mil thú
is chonac go raibh do ghruaig
fachta liath is díreach.

Fós i mo chuimhní
tánn tú bachallach,
tá dhá chocán déag i do chúl buí
cas.

SEAMUS HEANEY

Mo Mhíle Stór

I was under your spell from the start:
I was young, I was soft,
and you well knew you could turn my head
with your talk about whitewashed courts
and big long sleeps on a duck-down bed
and gloves made out of the skins of fish.

When you sailed away
my goodbyes were the gulls in your wake.
I put up with rows and with blame
from every side; there was a time
when I could number my friends
on the fingers of one hand.

You sailed through life, you came back home,
your boat beached on my bed.
As I covered you all in honey,
I saw your hair had gone grey
and straight;
but in my memory the curls grew on,
twelve coils in the ripening
crop on your head.

NUALA NÍ DHOMHNAILL

Toircheas 2

Cheana féin
tá faid leis an lá, cé go bhfuilimid mós luath fós
don gcoiscéim choiligh is do bheiriú an spóla.
Ag an dtráth seo coicíos ó shin bheinn istigh

sa tigh ag prapáil don oíche; tine ghreadhnach
lasta sa ghráta, an ciotal ag píopáil, gal láidir
allais ag gabháilt lastuas des na tíleanna póirseiléine.
Anois tá scothóga aitinn ag pléascadh amach ina dtrilseáin,

ag lasadh suas dhá thaobh an bhóthair. Ligeann lon dubh fead
bharnála nuair a ghaibhim thar bráid, ag fógairt rabhaidh
don gcéirseach atá ag tóraíocht piastaí mí-ádhmharacha sa draein.
Tagann lucht foghlaeireachta i mo threo. Glaoim amach, 'Any
    luck?'

'No,' arsa an fear chun deiridh orthu, nár chuala i gceart mé,
    'no duck'.
Imíonn an triúr acu tharam sa chlapsholas go tostach,
a ngunnaí folmha briste go haiclí faoina n-ascaill.
Tá labradór dubh agus pointéir Gearmánach ag sodar lena
    gcois.

MEDBH McGUCKIAN

Gate of Heaven

Already the day is stretching
Though we're nowhere near inducing the clock
Forward into summer. A fortnight since
This hour would have been curfew for me

And lighting-up time for the house — a fire
Blazing in the grate, the kettle whistling,
Its jet of steam leaving a film of sweat
On the porcelain tiles. Instead the gorse bushes

Ignite like torches, setting both sides of the road aflame.
And a blackbird whistles a note of caution as I pass,
A warning signal to the trench where his hen
Deals fate to worms. Three fowlers cross my path.

I cry out, 'Any luck?' 'No,' barks the fellow
Bringing up the rear, 'No duck'. He hasn't even heard me,
And they melt without a word, their wasted guns deftly
Broken under their arms, a black labrador
And German pointer in the heel of the hunt.

NUALA NÍ DHOMHNAILL

Sceimhle

Tá cailleach an mhuilinn
ag ní éadaí fuilteacha san abhainn.
Tá sí ag féachaint anall orm
rómhinic.
Tá gadhar ag amhastrach
ag bun na binne;
buaileann clog an teampaill go bodhar;
eitlíonn crothóg liath i mo choinne.
Tá sé i bhfad thar am
agam bogadh.

Thíos ins an mbaile
tá daoine ag féachaint fiarsceabhach,
tá siad ag cromadh a gceann
is ní labhrann siad liom a thuilleadh.
Éiríonn camfheothan gaoithe
de dhroim na mbeann,
leanann turlabhait báistí é
is cloichshneachta trom.
Dúnaim doras mo thí go teann
ina gcoinne.

Dúisím go hobann níos déanaí san oíche,
timpeall a dó ar maidin,
nuair atá amhascarnach an lae
ag sileadh tharam.
Osclaíonn doras an tseomra leapan uaidh féin
is tá gadhar ag teacht isteach an seomra chugham
an niúimint seo,
is tá dhá shúil air atá chomh mór
        . . . le plátaí,
        . . . ní hea, ach le rothaí cairte,
        . . . ní hea, ach le sciatháin mhuilinn ghaoithe.

DEREK MAHON

Paranoia

The old woman at the mill
scrubs bloody clothes in the river,
glancing in my direction
a little too often.
A dog barks and barks
at the end of the house;
the church bells are muffled;
a hooded crow flies in my face.
It's high time I got out of here.

Down in the village
the people eye me furtively;
they lower their heads
and avoid me like the plague.
A whirlwind raises the hair
on the necks of the hills;
rain thuds in the earth
and a snow-storm begins.
I slam the door of my house
on the lot of them.

. . . And start awake in the night
surrounded by sulphurous light
while the ceiling grows slowly bright
in the dripping dawn.
The bedroom door swings open of its own accord
and a hound bounds into the room at me
this very minute,
his two eyes the size of plates —
no, bigger, of cart-wheels;
no, bigger, of whirling windmills.

NUALA NÍ DHOMHNAILL

An Bóithrín Caol

Laistiar de thigh mo mháthar,
anuas an Bóithrín Caol,
i leith ó Bhóthar na Carraige,
trí thalamh chlann Uí Chíobháin,
do thagadh muintir Fhána
le húmacha ar chapaill,
glan trí mhíle ó bhaile
anuas ar an tráigh
ag triall ar ghaineamh.

Gaineamh le leathadh
ar urlár thithe
is i dtithe ba,
chun go meascfaí é
le haoileach
is go gcuirfí ina dhiaidh san
amach ar ghoirt é,
chun go bhfásfadh bleaist seaimpíní
ó thalamh bocht
nach raibh puinn críche air.

Do théadh na mná scafánta
anuas na failltreacha
ag dul ag baint iascán
is cliabh ar a ndroim acu.
Bádh ceathrar cailín óg
ar Leacacha an Ré,
— 'triúr Máire agus Máiréad Bán,
a chráigh mo chroí' —
is chonaic na daoine
fear an chaipín deirg,
ina shuí sa tonn a bháigh iad.

MICHAEL COADY

The Narrow Path

Behind my mother's house
down Bóithrín Caol,
over from Bóthar na Carraige,
through land of the Kavanaghs
people of Fán would journey
three miles to the strand
with horses bearing panniers
for sand to dress

their kitchen floors and byres;
sand trodden into dung
and then laid out at last
on thin potato fields
to feed prodigious *Champions*
conjured out of famished land
too lean to bed such promise.

With creels lashed
to their backs
women
used to clamber
down these cliffs
for sustenance of mussels.
Four young girls were lost
at Leacacha an Ré —
Three Marys and fair Margaret
set my heart astray —
and people saw
a red-capped man
astride the wave
that took them under.

NUALA NÍ DHOMHNAILL

Iascach Oíche

Caithfead dul go muineál i bhfarraige
faoi bhun faille,
leathlámh liom ag breith ar an bhfeamnach
a fhásann ar na fiacharraigreacha,
an leathlámh eile saor, i bhfearas
chun breith ar iasc.

Tá cailín coimhtheach i mo theannta.
Tá tuine ghallda ar a caint.
'Tusa go bhfuil léann na leabhartha
ort, ní foláir nó tuigeann tú í,'
a deir m'aintín liom ina taobh.

'Uaireanta,' a deirim, 'uaireanta tuigim,
is uaireanta eile ní bhíonn ann ach faoi
mar a chloisfeá sioscadh ó shneachta lóipíneach
is é ag titim anuas ón spéir.'

'Seo dhuit leabhar, is beir id láimh air
nuair a bheir i lár an phriacail.'
'Ach conas a bhéarfad ar iasc
sa lámh chéanna!'
'Is cuma dhuit san, dein rud orm.'
Deinim, is tógaim an leabhar uaithi.

Táim anois go muineál i bhfarraige
faoi bhun faille.
Tá greim agam le mo dheaslámh
ar an bhfeamnach,
sall ar chlé
tá iasc drithleánach fionnrua
go bhfuil faid banláimhe ann
ag caitheamh do ceathanna nimhe
is boghaisíní
díreach thar raon mo ghlaice.

MEDBH McGUCKIAN

Night Fishing

It's high time I took myself
Up the throat of the sea, under the cliff,
One hand feeling the growth
Of seaweed on massive rocks,
The other a freebooter
Out to land a fish.

There's a strange girl in my company
Speaks with a fine English accent.
'You there with the book-learning,'
Puts in my aunt from the other side,
'The like of you ought to be able to follow her'.

'Sometimes,' I answer, 'sometimes
I can understand, but mostly
There's nothing there but as if you heard
The sigh of some bedraggled snow
Untidily fall from the sky.'

'Well, here's a book you should
Keep to hand whenever you are in danger.'
'But how will I manage to land
A fish with the same hand?'
'Never mind that, do as I bid.'
So I take the book from her.

Now here I am, up to my throat
In sea, under the cliff,
With my right hand clinging
To the seaweed. On my left,
A scintillating, red-gold fish,
The length of a lady's hand,
Is radiating toxic waves
And pirouetting
In and out of my reach.

NUALA NÍ DHOMHNAILL

Claoninsint

Tá's againn, a dúradar,
cár chaithis an samhradh, a dúradar,
thíos i mBun an Tábhairne, a dúradar,
cad a dheinis gach lá, a dúradar,
chuais ar an dtráigh, a dúradar,
níor chuais ag snámh, a dúradar.
Canathaobh nár chuais ag snámh?
Mar bhí sé rófhuar, a dúradar,
rófhuar do do chnámha, a dúradar,
do do chnámha atá imithe gan mhaith, a dúradar,
bodhar age sámhnas nó age teaspach gan dúchas
gur deacair dhuit é a iompar, a dúradar.

PETER FALLON

The Word on the Wind

You know we know, they said,
where you spent the summer, they said,
down in Crosshaven, they said,
what you did every day.

You went down to the beach, they said,
but you didn't go swimming, did you?
No, you didn't go swimming, and why?
Because it was too cold, they said.

It froze you to the marrow, they said.
Oh your bones have gone soft, they said.
You just couldn't handle that easy life,
you and your loose-living ways, they said.

NUALA NÍ DHOMHNAILL

Aois na Cloiche

B'in í an bhliain gur thit an bháisteach as na spéartha
ní ina múrtha ná ina slaoda
ach ina ceathanna cloch.

Is maidir leis an sneachta, d'fhan sé ina phúdar mallaithe
ar gach bláthcheapach is lána.
Ní bhoigfeadh sé is ní leáfadh sé
ach oiread le *quartz*.

Níor ghá do bhardaisí cathrach leachtanna a thógaint
i gcearnóga ná i lár oileán tráchta.
Ná do gharraíodóirí i mbruachbhailte badráil le gnómanna;
bhí na daoine go léir rompu, reoite ina stangadh.

D'éirigh súil Fhomhórach na gréine go bagrach ag íor na spéire
gach maidin, gan teip,
is chas a radghathaíocht fhíochmhar ar an uile smut de thor
nó paiste luibheanna a leomhaigh péacadh nó a cheann a ardú
nó oiread agus sraoth a ligint as.

Samhlaigh duit féin cloch ag dúiseacht gach lá is ag eirí as an leaba,
ag searradh a charraig-ghuailne
is ag bogadh a theanga sall is anall mar leac
ag iarraidh labhairt.
Bhuel, b'in agaibh mise.

Bhí fuar againn a bheith ag lasadh tinte is ag coimhlint leis an sioc.
D'fhás criostal ábhalmhór i dtuaslagán sárthuilithe ár
    maoithneachais
is bhí ag dul i méid is ag dul i méid
gur phléasc amach sa deireadh mar bholcán.
Pé rud a bhí de dhíth ansan orainn níorbh theas é.

Ag féachaint siar anois air
tuigtear dom gur mhair an bhliain sin achar agus faid na gcianta
cairbreacha.

DEREK MAHON

The Stone Age

That was the year the rain
fell out of the skies
not in buckets or in torrents
but in showers of stone.

The snow lay like a toxic powder
on flower-gardens and lawns,
unmelting and immovable
as quartz.

There was no call for statues
in the public squares,
no call for garden gnomes;
the people were there already, frozen stiff.

The sun rose each morning, a great Fomorian eye,
and aimed its radiation at every bush
or bit of grass that tried to grow
or even dared to sneeze.

Imagine a stone getting up each morning,
shaking its rocky shoulders
and moving its stony tongue,
trying to speak; well, that was me.

No use to light fires and fight the frost.
An immense crystal grew from the supersaturated
solution of our self-regard,
growing until it erupted like a volcano.

Whatever we lacked then, it wasn't heat.
Looking back on it now, that year
seems to have stretched the length and breadth
of countless aeons.

NUALA NÍ DHOMHNAILL

Madame

Madame laistíos de loch,
do rúmanna geala
ina mbíodh mairt á leagadh
is caoirigh ar bhearaibh.

do chúirteanna aolda
ar oileáin ag imeall na mara
nó ag íor na spéire
a bhíodh de shíor am mhealladh

ó thráth m'óige i leith.
Ní tigh draighin é ná tigh
cárthainn do ionad cónaithe
ach halla airneáin.

Tá fiche troigh i leithead
a dhorais, tá díon
air de chleití éan
dearg is gorm.

Ní gá fuinneoga a dhúnadh
anseo, ná doirse;
is cuma, mar tá
gach aon ní fliuch.

Is tá mo mháthair á treorú
agam i do choinne,
thar dhroichead gloine,
cos ar chos is rícháiréiseach

gach coiscéim a chuireann sí roimpi
ach tá ag éirí linn.
Ag tairseach do ghrianáin soilsigh
tagann fuarallas orm

EILÉAN NÍ CHUILLEANÁIN

Madame

Lady under the lake
Your bright rooms
Where they are killing bullocks
And sheep are turning on spits,

Your whitewashed courts
On islands near the coast
Or touching the horizon
Have been seducing me

Ever since I was a child.
Your dwelling is no
Tree-house, woven shelter
But a hall to feast in.

The door is twenty
Feet wide, the roof
Made of birds' feathers
Red and blue

No need here to shut
Windows or doors —
It makes no odds, the water
Enters everywhere.

And I am guiding
My mother towards you
Across a bridge of glass,
With careful steps

A tentative foot forward,
But we are arriving.
In the doorway of your sunny chamber
A cold sweat comes over me

ar an leac,
ag an doras roithleánach
a bhíonn de shíor is choíche
ag casadh ar mhórdtuathal,

mar éinne a théann suas
do staighre cloch
ní fheictear arís é
go brách.

On the doorstep,
At the revolving door
Constantly
Turning widdershins,

For the one that mounts
Your stone staircase
Will never be
Seen again.

NUALA NÍ DHOMHNAILL

Boladh na Fola

Dúisím is tá boladh na fola
ceangailte de mo lámha.
Cé ná fuil aon rian dearg ná smearadh
le feiscint ná éinne do mo lucht aitheantais
in easnamh (comhairím iad ar eagla na heagla
ach beag an baol, táid go léir i láthair)
fós, dar liom go bhfuil boladh na fola
ceangailte de mo lámha.

Dar mo leabhar ach tá boladh na fola
ceangailte de mo lámha.
Cuardaím i dtaobh thiar de *mhattress*,
faoi chabha an staighre, laistiar de dhoras
féachaint an corp rí nó flatha
— Polonius ag lobhadh i dtaobh thiar den *arras* —
faoi ndeara boladh seo na fola
a bheith ceangailte de mo lámha.

Tá ifreann dorcha lán d'uiscí modartha
is sconnaí fuara ag teacht ón mbuacaire.
Tá mo lámha ina leidhbeanna, mo chraiceann gargraithe
briste ó bheith ag síorghábháilt orthu le slíogart
is n'fheadar cé mhéid barra gallúnach *Sunlight*
ídithe in aisce gan tásc gan tairfe
mar dar liom go deo go mbeidh boladh na fola
ceangailte de mo lámha.

CIARAN CARSON

The Smell of Blood

I wake up, and my hands are sticky
With the smell of blood.
And though there's not a smudge nor blot
In eyeshot, nor any soul
That I know missing (I've counted them, each one,
And they're all present and correct),
Still, it seems my hands are sticky
With the smell of blood.

I swear my hands are sticky
With the smell of blood.
I've rummaged underneath the mattress,
In cubbyholes, behind doors,
For fear the body of a rotting king or courtier —
Polonius behind the arras —
Might lurk behind this smell of blood
That's sticking to my hands.

Hell's freezing over with sour water
And icy cataracts pour from the tap.
My hands are hacked, the skin is all volcanic
Cracks from this eternal pumice-stone,
And I don't know how many bars of *Sunlight* soap
Have shrunk into exhausted slivers
Since I'm stuck forever with this stink of blood
That's on my hands.

NUALA NÍ DHOMHNAILL

Mac Airt

Aréir
chuaigh béar
in airde orm
i dtaibhreamh.

Plúchta le clúmh,
bheist fionnaidh ag dul
sa scornach orm,
búir dhúr a chuala
in ionad
clog binn na n-aingeal.

Ach is ait an tslí
a chomhlíontar reachta Dé.
Is fánach an áit a gheofá
breac, is fánaí fós
an chuma ina n-ionchollófaí
Críost ionat.

Is má bheirtear mac dom
mar a thuar an tAingeal,
ní Dáibhí a thabharfad air
ná Immanuel.

Ná Íosa ach oiread —
tá sé sin ann cheana.
Sé an t-ainm
a bhaistfead air
ná
Cormac.

TOM MAC INTYRE

Mac Airt

A bear took me
in last night's dream,

his hairy grip,
the weight of fur,
that brute groan
my Angelus

but God's strange,
the fish jumps
into your hand,
the Christ seed
sprouts within, you
can't begin to
tell how it was

and if a son
to me is given
he won't be called
Emmanuel nor David
nor Jesus: that's over,
leave them to heaven.

I'll call him Cormac.

Fonóta feimineach bliain ina dhiaidh sin:

Mar a tharlaíonn,
séard a bhí agam sa deireadh
ná iníon.
Tá clúmh mín ar ghach orlach
dona corp
is ní baol di —
tá sí ciotarúnta gramhsach.

Feminist footnote a year later

Unto me
as it happened
a daughter was given,

on every inch
of her body
this fine down —

no harm to her —

berserk the light
of her impudent eye.

NUALA NÍ DHOMHNAILL

Maidin sa Domhan Toir

Is é an mochóirí is measa liom
agus is scanrúla san am chéanna;
uain is an saol ina thoirchim suain
faoi mar a bhí an rá ins na seanadhánta.
Gan réice ar shráid, gan leoithne bhog i gcrann,
spéir chraorag, bearradh iongan gealaí
is aon réilthín amháin gur furaist duit a ghéilleadh
go bhfaca an sabhdán óg, Mehmet a Dó
a leithéid de radharc i log fola i rian crúibe capaill
tráth ar pháirc an áir is go ndúirt
gurb é an bhratach san amháin a bheadh agen a mhuintir
feasta, rud a bhí fíor is fós atá.

Meafar deoranta. Tá pollaí teileafóin
ag bagairt orm. Tá dainséar mór á thuar ag píolóin
leictreacha. Iad ag siúl go dásachtach thar ardchlár
Anatolia, arrachtaigh na seacht gceann,
na seacht mbeann is na seacht n-eireaball,
buataisí seacht léige orthu is spin siúil
i mo threo, ag fógairt catha, is deiliúsach leo
mé a theacht ag cothú mo linbh
ina gcuid tailte. Is gairid go deo
go n-ardóidh an ceann is gaire dhúinn crann
ar nós buachalláin bhuí, is go mbeidh gach sleaip aige
thall is abhus is go dtabharfaidh sé drochúsáid dúinn.

Is cá bhfuil mo ghaiscíoch lonrach
a thiocfaidh i gcabhair orm,
a bhuailfidh smíste ar an gcuaille comhraic
is a dhéanfaidh brios brún de.
Fear a thuillfeadh a thuarastal i mbearna gacha baoil
is i gcéim gacha crua, is nach foláir
go bhfaigheadh é nó fios cén rascail
a choimeádfadh uaidh é. Fear faghartha na screaball
bhfairsing; fear cóir agus ceart a bhaint amach
is gan cóir gan ceart a thabhairt uaidh;

MICHAEL HARTNETT

Oriental Morning

It's the early rising I hate most
and also fear the most —
a time when the world's deep asleep
(as it goes in the old poems);
no rover abroad, no wind in the trees,
a crimson sky, cut-nail moon
and one small star — easy to see
how the young sultan Mehmet II
saw the same in a bloody hoofprint
once on a battlefield and said,
'This is the only flag for my people
from now on'. It still is.

Strange metaphor. Telephone poles
threaten me. Foretelling danger electric pylons stride
bold on the plateau of Anatolia,
seven-headed monsters, seven-horned and -tailed
rushing towards me in seven league boots
declaring war on this impertinence of mine —
to come and rear my child within their bounds.
Soon one, like ragwort, will uproot a tree
and use it like a switch on us.

And where is the shining knight
who'll come to aid me,
who'll smash the challenge-pole to bits.
The man who'd earn his in war and hardship
and who would have to have his way
or let all rascals know the reason why?
Mettlesome man of great scruples
demanding justice, but only for himself,

fear nár thit riamh i ndiaidh a thóna
is ná teithfidh nó go dteithfidh na tortóga.

Ní foláir ag teacht ar an saol so
go rabhas róchraosach; gur roghnaíos
an bhullóg mhór is mallacht mo mháthar
in ionad na bullóige bige is a beannacht,
gur dhiúltaíos bruscar nó bráscar nó tóin dhóite
an aráin dhuibh a thabhairt don éinín sciotaithe
is cuma na scríbe uirthi a bhuail liom ag an dtobar
nó do chú na coise leointe le tabhairt dá coileánaibh
a bhí i bpoll an chlaí le ráithe, ar an gcaoi
sin nár shíneas lámh fóirithinte ar ainmhithe
an fhochoinsiasa, a tháinig ag lorg déirce
is ina éiric san a shaorfadh mé.

Mar anseo ar maidin ar an ardchlár lom seo
níl agam fiú spideoigín bhroinndearg de mhuintir
      Shúilleabháin
a labharfadh go dána ó thortóg aitinn lámh liom
is a ardódh mo mheanma láithreach;
a chuirfeadh i gcuimhne dhom gur fada anseo mé
ó mo mhná caointe nó sínte nó ó éinne eile
de mo mhuintir a leathfadh soipín tuí
ar mo shúile ós na préacháin, is cuimhneamh
ar conas mar a mharaíonn siad na caoirigh in Éirinn
is é a mharú ar an gcuma san. Faraoir, níl éinín beag
ar bith nó fiú tor a aithním; táim ar fóraoil
go huile is go hiomlán, fiú ós na haircitípeanna coitianta.

a man who never fell on his arse,
who will not flee till hummocks flee.

It had to be that coming to this world
I was too greedy: that I chose
the big loaf and my mother's curse,
not the small loaf and her love;
that I refused the crumbs and burnt crust
of black bread to the skittering bird
that I met battered at the well;
that I refused the paw-hurt hound,
its pups outside for months: and thus
I would not help the hurt beasts
of the unconscious who begged of me
and whose gratitude would have set me free.

And so at dawn on this plateau
I have no neighbour's robin to sing bold
on a furze bush beside me
and inject some hope
or to remind me I am away too long
from my funereal women,
from those who'd place a wisp of straw
across my eyes to keep the crows away
from thoughts of how sheep are killed at home,
alas no small bird or bush I know.
I am totally wretched: deprived
of even the common archetypes.

NUALA NÍ DHOMHNAILL

Chomh Leochaileach le Sliogán

Chomh leochaileach le sliogán
a caitheadh suas ar chladach
seasaim lasmuigh ded dhoras
san iarnóin.
Clingeann an clog i bhfad istigh
go neamheaglach
is baineann macalla as na seomraí folamha
im chomhair.

Istigh sa chistin tá raidió
ag stealladh popcheoil
is músclaíonn spré bheag dóchais
istigh im bhráid
ach nuair a chuimhním arís air
is cleas é seo i gcoinne robálaithe
agus is fada fuar folamh an feitheamh agam
gan troist do choiscéime ar an bhfód.

Clingim arís
is éiríonn fuaim mhacallach
trés na seomraí arda,
suas an staighre cláir.
Aithním trí pholl na litreach
ar na toisí Seoirseacha
struchtúr laitíse an chriostail
a cheileann nó a nochtann Dia.

Tá rós dearg i gcróca
ar bhord sa halla.
Tá geansaí ag crochadh
leis an mbalastráid.
Tá litreacha oscailte ina luí timpeall
ar an urlár go neafaiseach
i mball ar bith
níl blas ná rian duit le fáil.

DEREK MAHON

As Fragile as a Shell

As fragile as a shell
cast up on a rocky shore,
I stand outside your door
in the afternoon. The bell
rings deep in the house,
echoing in the long, empty rooms.

The kitchen radio howls
rock music and, for a moment,
I feel a surge of hope; but then
I realize it is only there
to deter thieves
and a long wait lies before me
with no sound of your step.

I ring again, and the echo rises
among high ceilings, wooden stairs.
Peering through the letter-box
I recognize in the Georgian proportions
an intricate crystal-like structure
which bodies forth and hides a god.

A red rose stands in a vase
on the hall table; a sweater
hangs from the banister.
Unopened letters lie about
carelessly on the floor;
but nowhere is there a sign
of you to be seen.

Istigh sa seomra suite
ar an gclabhar
tá cárta poist a tháinig chughat aniar
ód ghrá geal. Maíonn sí
gurb é seo an chéad phost nó litir
a gheobhair id thigh nua.
Is air tá radharc gnáthúil turasóireachta
de Bhrú na Bóinne.

Tagairt é seo a thuigeann tú
gan amhras
don *hieros gamos*
an pósadh a deineadh ar Neamh.
Is lasmuigh de chiorcal
teolaí bhur lánúnachais
tá fuar agam fanacht sa doras
i mo dhílleachtaí, i mo spreas.

Tá oighear á shéideadh
trí phóirsí fada gaofara
sa phaibhiliún
is íochtaraí i mo lár.
Tá na seolphíobáin mhothála
reoite ina stangadh.
Tá tonnbhualadh mo chroí
mar fharraigí aduaine.

Is mo léan mo cheann mailéid,
mo chloigeann peirce,
os comhair an dorais iata seo
cad leis a bhfuil mo shúil?
Nuair a chlingeann an clog
ar chuma an Aingil Mhuire
ab ann a cheapaim go n-osclóidh na Flaithis
is go dtuirlingeoidh orm colúr?

On the drawing-room mantelpiece
a postcard from your lover
boasts that hers is the first
mail in your new house; it shows
a simple tourist view
of the tumulus at Newgrange.

There is a reference
— not lost on you, of course —
to the *hieros gamos*, the marriage
made in heaven. Outside
the warm conspiracy of your love
I stand, a nobody,
an orphan at the door.

An icy wind blows through the cold porches
of the farthest pavilions
in the depths of my soul;
the rivers of emotion are frozen solid,
my heart beats wildly
like strange and treacherous seas.

Damn my wooden head, my feather brain,
why am I waiting here
at your closed door?
When the bell peals inside
like the Angelus, do I really
expect the sky to open
and a dove
to descend upon me from above?

Mar is istigh sa sícé amháin
a tharlíonn míorúiltí
an cheana, an mhaithiúnachais
is an ghrá
mar is i dtaibhrithe amháin
a bhíonn an ghrian is an ré ag soilsiú
le chéile is spéir na maidne
orthu araon ag láú.

It is only in the soul
that the miracles take place
of love, forgiveness and grace;
it is only in dreams
that the sun and moon shine together
in a bright sky
while day dawns on them both.

NUALA NÍ DHOMHNAILL

Gan do Chuid Éadaigh

Is fearr liom tú
gan do chuid éadaigh ort —
do léine shíoda
is do charabhat,
do scáth fearthainne faoi t'ascaill
is do chulaith
trí phíosa faiseanta
le barr feabhais táilliúrachta,

do bhróga ar a mbíonn
i gcónaí snas,
do lámhainní craiceann eilite
ar do bhois,
do hata *crombie*
feircthe ar fhaobhar na cluaise —
ní chuireann siad aon ruainne
le do thuairisc,

mar thíos fúthu
i ngan fhios don slua
tá corp gan mhaisle, mháchail
nó míbhua
lúfaireacht ainmhí allta,
cat mór a bhíonn amuigh
san oíche
is a fhágann sceimhle ina mharbhshruth.

Do ghuailne leathan fairsing
is do thaobh
chomh slim le sneachta séidte
ar an sliabh;

PAUL MULDOON

Nude

The long and short
of it is I'd far rather see you nude —
your silk shirt
and natty

tie, the brolly under your oxter
in case of a rainy day,
the three-piece seersucker
suit that's so incredibly trendy,

your snazzy loafers
and, la-di-da,
a pair of gloves
made from the skin of a doe,

then, to top it all, a crombie hat
set at a rak-
ish angle — none of these add
up to more than the icing on the cake.

For, unbeknownst to the rest
of the world, behind the outward
show lies a body unsurpassed
for beauty, without so much as a wart

or blemish, but the brill-
iant slink of a wild animal, a dream-
cat, say, on the prowl,
leaving murder and mayhem

in its wake. Your broad, sinewy
shoulders and your flank
smooth as the snow
on a snow-bank.

do dhrom, do bhásta singil
is i do ghabhal
an rúta
go bhfuil barr pléisiúrtha ann.

Do chraiceann atá chomh dorcha
is slim
le síoda go mbeadh tiús veilbhite
ina shníomh
is é ar chumhracht airgid luachra
nó meadhg na habhann
go ndeirtear faoi
go bhfuil suathadh fear is ban ann.

Mar sin is dá bhrí sin
is tú ag rince liom anocht
cé go mb'fhearr liom tú
gan do chuid éadaigh ort,
b'fhéidir nárbh aon díobháil duit
gléasadh anois ar an dtoirt
in ionad leath ban Éireann
a mhilleadh is a lot.

Your back, your slender waist,
and, of course,
the root that is the very seat
of pleasure, the pleasure-source.

Your skin so dark, my beloved,
and soft
as silk with a hint of velvet
in its weft,

smelling as it does of meadowsweet
or 'watermead'
that has the power, or so it's said,
to drive men and women mad.

For that reason alone, if for no other,
when you come with me to the dance tonight
(though, as you know, I'd much prefer
to see you nude)

it would probably be best
for you to pull on your pants and vest
rather than send
half the women of Ireland totally round the bend.

NUALA NÍ DHOMHNAILL

An Rás

Faoi mar a bheadh leon cuthaigh, nó tarbh fásaigh,
nó ceann de mhuca allta na Fiannaíochta,
nó an gaiscíoch ag léimt faoi dhéin an fhathaigh
faoina chírín singilíneach síoda,
tiomáinim an chairt ar dalladh
trí bhailte beaga lár na hÉireann.
Beirim ar an ghaoth romham
is ní bheireann an ghaoth atá i mo dhiaidh orm.

Mar a bheadh saighead as bogha, piléar as gunna
nó seabhac rua trí scata mionéan lá Márta
scaipim na mílte slí taobh thiar dom.
Tá uimhreacha ar na fógraí bóthair
is ní thuigim an mílte iad nó ciliméadair.
Aonach, Ros Cré, Móinteach Mílic,
n'fheadar ar ghaibheas nó nár ghaibheas tríothu.
Níl iontu faoin am seo ach teorainní luais
is moill ar an mbóthar go dtí tú.

Trí ghleannta, sléibhte, móinte, bogaithe
scinnim ar séirse ón iarthar,
d'aon seáp amháin reatha i do threo
de fháscadh ruthaig i do chuibhreann.
Deinim ardáin des na hísleáin, ísleáin des na hardáin
talamh bog de thalamh cruaidh is talamh cruaidh de thalamh
   bog —
imíonn gnéithe uile seo na léarscáile as mo chuimhne,
ní fhanann ann ach gíoscán coscán is drithle soilse.

Chím sa scáthán an ghrian ag buíú is ag deargadh
taobh thiar díom ag íor na spéire.
Tá sí ina meall mór craorag lasrach amháin
croí an Ghlas Ghaibhneach á chrú trí chriathar.
Braonta fola ag sileadh ón stráinín
mar a bheadh pictiúr den Chroí Ró-Naofa.

DEREK MAHON

The Race

Like a mad lion, like a wild bull, like one
of the crazy pigs in the Fenian cycle
or the hero leaping upon the giant
with his fringe of swinging silk,
I drive at high speed through
the small midland towns of Ireland,
catching up with the wind ahead
while the wind behind me whirls and dies.

Like a shaft from a bow, like a shot from a gun
or a sparrow-hawk in a sparrow-throng
on a March day, I scatter the road-signs,
miles or kilometres what do I care.
Nenagh, Roscrea, Mountmellick,
I pass through them in a daze;
they are only speed limits put there
to hold me up on my way to you.

Through mountain cleft, bogland and wet pasture
I race impetuously from west to east —
a headlong flight in your direction,
a quick dash to be with you.
The road rises and falls before me,
the surface changing from grit to tar;
I forget geography, all I know
is the screech of brakes and the gleam of lights.

Suddenly, in the mirror, I catch sight of the sun
glowing red behind me on the horizon,
a vast blazing crimson sphere like the heart
of the Great Cow of the Smith-God
when she was milked through a sieve,
the blood dripping as in a holy picture.

Tá gile na dtrí deirgeacht inti,
is pian ghéar í, is giorrosnaíl.

Deinim iontas des na braonta fola.
Tá uamhan i mo chroí, ach fós táim neafaiseach
faoi mar a fhéach, ní foláir, Codladh Céad Bliain
ar a méir nuair a phrioc fearsaid an turainn í.
Casann sí timpeall is timpeall arís í,
faoi mar a bheadh sí ag siúl i dtraibhreamh.
Nuair a fhéach Deirdre ar fhuil dhearg an laoi sa tsneachta
n'fheadar ar thuig sí cérbh é an fiach dubh?

Is nuair is dóigh liom gur chughat a thiomáinim,
a fhir álainn, a chumann na n-árann
is ná coinneoidh ó do leaba an oíche seo mé
ach mílte bóthair is soilse tráchta,
tá do chuid mífhoighne mar chloch mhór
ag titim anuas ón spéir orainn
is cuir leis ár ndrochghiúmar,
ciotarúntacht is meall mór mo chuid uabhair.

Is tá meall mór eile ag teacht anuas orainn
má thagann an tuar faoin tairngire
agus is mó go mór é ná meall na gréine
a fhuiligh i mo scáthán anois ó chianaibhín.
Is a mháthair ábhalmhór, a phluais na n-iontas
ós chughatsa ar deireadh atá an spin siúil fúinn
an fíor a ndeir siad gur fearr aon bhlaiseadh amháin de do
       phóigín
ná fíon Spáinneach, ná mil Ghréagach, ná beoir bhuí
       Lochlannach?

Thrice red, it is so fierce it pierces
my own heart, and I catch my breath in pain.

I keep glancing anxiously at the dripping sun
while trying to watch the road ahead.
So Sleeping Beauty must have glanced
at her finger after the spindle
of the spinning-wheel had pricked her,
turning it round and round as if in a trance.
When Deirdre saw the calf's blood on the snow
did it ever dawn on her what the raven was?

Oh, I know it's to you that I'm driving,
my lovely man, the friend of my heart,
and the only things between us tonight
are the road-sign and the traffic-light;
but your impatience is like a stone
dropping upon us out of the sky;
and add to that our bad humour,
gaucherie, and the weight of my terrible pride.

Another great weight is descending upon us
if things turn out as predicted, a weight
greater by far than the globe of the sun
that bled in my mirror a while back;
and thou, dark mother, cave of wonders,
since it's to you that we spin on our violent course,
is it true what they say that your kiss is sweeter
than Spanish wine, Greek honey, or the golden mead
    of the Norse?

NUALA NÍ DHOMHNAILL

An Fáth Nár Phós Bríd Riamh

Is é an fáth nár phós Bríd riamh,
cé go raibh troscán uile a tí,
a *trousseau*, a gréithre, a cuid mangaisí
ullamh chun imeachta an lá roimh ré,

ná maidin na bainse, ar a naoi
go bhfuarthas a hathair is beirt dá chlainn
go fuar marbh ceangailte do bhrainsí crainn
ar crochadh ó théadán níolóin, an ghaoth is an ghrian

scaoilte tríothu go follasach, is rian na bpiléar
le haithint, cé nach bhfuarthas an dúnmharfóir riamh.
Chuir san mallacht ar na himeachtaí, is bhí
mar thoradh air, dar ndóigh, nár phós Bríd riamh.

PETER FALLON

Why Bridgid, or Bríd, Never Married

Why Bridgid, or Bríd, never married
though every stick of her furniture,
her trousseau, her ware, her share of knick-knacks,
were packed and ready the day before

is because
　　　　　at nine on the wedding morning
her father and two of the children were got
hanging stone-dead from the branch of a tree,
tied up in new ropes, the wind and the daylight shot

clean through them all, with the tracks of the bullets
plain to be seen, and though the killer's still on the run
that put a stop to their gallop, and that is why
in the heel of the reel Bridgid, or Bríd, never married.

NUALA NÍ DHOMHNAILL

Hotline

'Ní rud mór é seo anois . . . ach d'fhéadfaí
rud mór a dhéanamh as. Tá an leanbh thiar sa Ghaeltacht
agat ar scoláireacht trí mhí is diúltaíonn sé
dul ar Aifreann dóibh. Deir sé go mb'fhearr leis go fada
    breá buí
fanacht sa leaba, go bhfuil sé ina *Phrotestant*.
Tá muintir an tí go mór faoi imní
ina thaobh seo ach níor theastaigh uathu aon ní
a bhagairt ort. Dá mba éinne eile é bheadh sé curtha abhaile acu
fadó riamh ach is leaidín chomh deas é ins na haon tsaghas slí
eile gur leasc leo é a náiriú . . . cé gur dóite
atá sé tuillte aige. Is ná ceap ar feadh niúimint ná tuigimse
an rud seo go léir, níl ann ach *history repeating itself*,
ach tá's agat an tslí atá siad ansan thiar — bain an craiceann dó
nó tabharfar drochainm duit.

Is tá's agat an trioblóid eile atá agat leis an leanbh iníne
a bhíonn ag goid na bhfáinní is na nótaí púint as na málaí?
Bhuel, glac mo chomhairlese anois is tabhair di ó thalamh é.
Bhí an trioblóid chéanna againne le do dhearthair Liam
is féach gur leigheasadh é. Deir sé fhéin liom gurb é an rud
is fearr a tharla dó riamh ná an lá a bhris Daide a ghiall,
gur stop sé ón mbradaíocht é . . . Ó, ní shin é
an port a bhíonn aige leatsa, ab ea? Gur thit an tóin as an saol
air an lá san ab ea? Is nár tháinig sé chuige fhéin ó shin as?
Bhuel, ní galar éinne amháin an méid sin, a chroí,
tarlaíonn sé dos na héinne againn am éigin luath nó mall
is féach fós go mairimid!'

CIARAN CARSON

Hotline

Well, it's no big deal . . . but you could make
A big deal out of it. You know the way you have the child
Back there in the Gaeltacht on that three month scholarship.
Well, he won't go to Mass for them. Refuses point-blank.
He'd rather stay in bed, he says. That he's become a Protestant,
He says. You can imagine how upset the people of the house are —
But they're the sort who couldn't bear to take it up with you.
If he were anybody else's child, he'd have been sent home long ago
But he's such a little dear in every other way,
They didn't want to shame him . . . though if you ask me,
He's earned himself a real hiding. Now, don't think for one split
    second
That I don't understand the situation perfectly — isn't it only
History repeating itself? But you know the sort of them,
Back there. Make an example of him. Thrash him to within
An inch of his life, or you'll get a bad name for yourself.

And you know that other bother that you had? That slip
Of a girl of yours, who keeps lifting things? Those rings?
    Dipping
Into handbags? Take my advice, go through her
Like a ton of bricks. Wasn't it the same old story with your brother
Liam? And look how he got straightened out. He told me himself
The other day, the best thing ever happened to him
Was when Daddy broke his jaw . . . and that put an end to his
    thieving.
Oh, that's not what he says to you, now? That the bottom of his
    world
Dropped out that day? And he's never been the same again?
Well, dear, that's a common enough complaint. It happens to us
    all,
Dear, sooner or later. And did it ever do us any harm?

NUALA NÍ DHOMHNAILL

Mise Ag Tiomáint

Raghainn thar an Bhóinn leat,
raghainn go Tír Eoghain leat
raghainn go Gaoth Dobhair leat
a fhir istigh im chroí.

Ach tá gnó beag le críochnú ar dtúis,
mo mhún agam le scaoileadh síos
is siogúrat le dreapadh suas
chun teacht ar an leithreas poiblí.

Is tá cailín óg i mo choinne anuas
í scaoilte, bríomhar, lán de lúth
agus tá's agam gur mise í
tar éis mo ghnó a chur i gcrích.

Anois druid sall ansan sa suíochán,
mar tar éis an tsaoil, is liomsa an carr,
is ní chlúdóidh an t-árachas
aon timpist fan na slí.

Sea, raghad tríd an sáile leat,
ó Dhoire go Cill Áirne leat,
raghainn ar aistear fhada leat,
ach is mise an tiománaí!

TOM MAC INTYRE

In Charge

I'd cross the Boyne,
belt for Tyrone or
Gweedore with you, lover-
boy of my heart,

but

one thing at a time,
I'm desperate for a piss
and the johns is a climb
way up that ziggurat

and this young one
skipping down as I streel up,
I know she's me
with my cargo discharged,

so sit over there,
when all's said and done
I paid for this vehicle
(you're not covered, either),

sure, I'd venture salt-water,
I'd wager the pure realm
of discovery with you, partner,

but

you on deck, me at the helm.

NUALA NÍ DHOMHNAILL

An Bhean Mhídhílis

Do phioc sé suas mé
ag an gcúntúirt
is tar éis beagáinín cainte
do thairg deoch dom
nár eitíos uaidh
is do shuíomair síos
ag comhrá.
Chuamair ó dheoch go deoch
is ó *joke* go *joke*
is do bhíos-sa sna trithí aige
ach dá mhéid a bhíos ólta
ní dúrt leis go rabhas pósta.

Dúirt sé go raibh carr aige
is ar theastaigh síob abhaile uaim
is ní fada ar an mbóthar
nó gur bhuail an teidhe é.
Do tharraing sé isteach ag *lay-by*
chun gurbh fhusaide mé a phógadh.
Bhí málaí plaisteacha ar na sceacha
is bruscar ag gabháilt lastuas dóibh
is nuair a leag sé a lámh idir mo cheathrúna
ní dúrt leis go rabhas pósta.

Bhí sé cleachtaithe deaslámhach
ag oscailt chnaipí íochtair mo ghúna,
ag lapadáil go barr mo stocaí
is an cneas bog os a gcionnsan
is nuair a bhraith sé
nach raibh bríste orm
nach air a tháinig giúmar
is cé thógfadh orm ag an nóiméad sin
ná dúrt leis go rabhas pósta.

PAUL MULDOON

The Unfaithful Wife

He started coming on to me
at the spirit-grocer's warped and wonky counter
and after a preliminary spot of banter
offered to buy me a glass of porter;
I wasn't one to demur
and in no time at all we were talking
the hind leg off a donkey.
A quick succession of snorts and snifters
and his relentless repartee
had me splitting my sides with laughter.
However much the drink had loosened my tongue
I never let on I was married.

He would ask if he could leave me home
in his famous motoring-car,
though we hadn't gone very far down that road
when he was overtaken by desire.
He pulled in to a lay-by
the better to heap me with kisses.
There were plastic bags bursting with rubbish
stacked against the bushes.
Even as he slipped his hand between my thighs
I never let on I was married.

He was so handy,
too, when it came to unbuttoning my dress
and working his way past my stocking-tops
to the soft skin just above.
When it dawned on him
that I wasn't wearing panties
things were definitely on the up and up
and it hardly seemed the appropriate moment
to let on I was married.

Do bhain sé do a threabhsar
leis an éirí a bhuail air
is do shleamhnaigh sall im shuíochánsa
is do tharraing sé anuas air mé
is nuair a shuíos síos air go cúramach
is gur mharcaíos thar an sprioc é
ba é an chloch ba shia im phaidrín
a rá leis go rabhas pósta.

Bhí mus úr a cholainne
mar ghairdín i ndiaidh báistí
is bhí a chraiceann chomh slim
chomh síodúil sin lem chneas féin
agus is mór an abairt sin
is nuair a bhíos ag tabhairt
pléisiúrtha dho
d'fhéach sé sa dá shúil orm
is fuaireas mothú pabhair is tuisceana
nár bhraitheas ó táim pósta.

Bhí boladh lofa ós na clathacha
is dramhaíl ag bun na gcrann
is bhí an port féarach taobh liom
breac le cac gadhar na gcomharsan
is nuair a thráigh ar an éirí air
tháinig aithis is ceann faoi air
is nár dhomh ba mhaith an mhaise ansan
ná dúrt leis go rabhas pósta.

Do bhuaileas suas an casán
lem scol amhráin is lem phort feadaíle
is níor ligeas orm le héinne
an eachtra a bhí laistiar díom

By this time he had dropped his trousers
and, with his proper little charlie,
manoeuvred himself into the passenger-seat
and drew me down until, ever so gingerly,
I might mount.
As I rode him past the winning-post
nothing could have been further from my mind
than to let on I was married.

For his body was every bit as sweet
as a garden after a shower
and his skin was as sheer-delicate as my own
— which is saying rather a lot —
while the way he looked me straight in the eye
as he took such great delight
gave me a sense of power and the kind of insight
I'd not had since I was married.

There was this all-pervasive smell
from the refuse-sacks lying under the hedge
while the green, grassy slope beyond
was littered with dog-shit.
Now, as the groundswell of passion
began to subside,
he himself had a hang-dog, coy expression
that made me think it was just as well
I never let on I was married.

As I marched up my own garden-path
I kicked up a little dust.
I burst into song and whistled a tune
and vowed not to breathe a word
to a soul about what I'd done.

is má chastar orm arís é
i ndioscó nó i dteach tábhairne
ar ghrá oinigh nó réitigh
ní admhód riamh bheith pósta.

An ndéanfása?

And if, by chance, I run into him again
at a disco or in some shebeen
the only honourable course — the only decent thing —
would be to keep faith and not betray his trust
by letting on I was married.

Don't you think?

NUALA NÍ DHOMHNAILL

An Casadh

Anois nó go bhfuil coiscéim choiligh
leis an oíche
ní féidir liom mo chasóg labhandair
a chrochadh a thuilleadh
le haon tsiúráil nó leath chomh neafaiseach
ar an nga gréine
ar eagla go dtitfeadh sí ar an urlár romham
ina glóthach frog.
Tá an clog leis ar an bhfalla ag obair
i mo choinne,
beartaíonn sé tréas de shíor
lena lámha tanaí bruíne
a aghaidh mhílítheach feosaí
ag stánadh orm gan stad
is bagairt shotalach óna theanga bhalbh.

Anois nó gur chac an púca
ar na sméara
is go bhfuil an bhliain ag casadh
ar a lúndracha
puthann siollaí gaoithe
tríos na hinsí orainn
is séidimid fuar is te.
Deineann ár gcnámha gíoscán
ar nós doras stábla
atá ag meirgiú go mear cheal íle.
Cuireann sé codladh grifín orainn is uisce
faoinár bhfiacla
ag cuimhneamh dár n-ainneoin ar thránna móra
an Earraigh go fuadrach is sinn
le linn taoidí móra an Fhómhair.

Titfidh an oíche go luath sa tráthnóna
gan choinne
mar shnap madra allta
i gcoinne an ghloine.

MEDBH McGUCKIAN

Nine Little Goats

It's a cock's foot of a night:
If I go on hanging my lightheartedness
Like a lavender coat on a sunbeam's nail,
It will curdle into frogspawn.
The clock itself has it in for me,
Forever brandishing the splinters of its hands,
Choking on its middle-aged fixations.

Since the pooka fertilized the blackberries,
The year pivots on its hinges, breathing
Wintry gusts into our warmth.
Our bones grate like an unoiled
Rusty stable door,
Our teeth get pins and needles
As Autumn's looming tide drowns
The endless shores of Spring.

Darkness will be dropping in
In the afternoons without an appointment,
A wolf's bite at the windowpane,
And wolves too the clouds
In the sheepish sky.
You needn't expect the wind
To put in her white, white paws
Before you open the door,
For she hasn't the slightest interest
In you or your sore throat:
The solar system is all hers
To scrub like a floor if she pleases,
She's hardly likely to spare her brush
On any of us, as the poison comes to a head
In the brow of a year
That will never come back.

Ní chreidim an bearradh caorach
a iompraíonn an spéir a thuilleadh,
níl ann ach dallamullóg,
rud dorcha faoi bhréagriocht.
Is ní haon mhaith
'cuir do lapaí bána bána isteach'
a rá leis an ngaoth
sara n-osclaíonn tú an doras.
Tá neamhthoradh aici ort fhéin
is ar do chaint bhaoth, is léi
urlár na cruinne le scuabadh
mar is áil léi.
Is bí cinnte dho nach spárálfaidh sí
an bhruis orainn anois,
gheobhaimid ó thalamh an dalladh
má fuair éinne riamh,
tá nimh ina héadan inár gcoinne
is gomh ina guth
go háirithe le tamall
ó dh'imigh an bhliain ó mhaith.

Cad tá le déanamh ach meaits
a lasadh leis an móin fhuinte
atá ag feitheamh go patfhoighneach
sa ghráta le breis is ráithe,
na cuirtíní a tharrac go righin
malltriallach ag fógairt an donas amach
is an sonas isteach ar an dteaghlach,
suí síos le leabhar leabharlainne
le hais na tine
ag leathéisteacht le nuacht na teilifíse,
uaireanta dul i mbun cluiche fichille
nó dreas scéalaíochta
ag feitheamh le goradh na loirgne
is le róstadh na gcnap.

So we might as well put a match
To the peat briquettes
That the summer gave the grate,
And draw the sullen curtains tight
On the family's bad luck,
And sit with a library book,
Half-dozed by the television news,
Or roused by a game of chess,
Or a story, until
We are our own spuds,
Roasting in the embers.

NUALA NÍ DHOMHNAILL

An Boghaisín

D'fhas an boghaisín
de réir a chéile
tríd an scamall báistí.
Ní raibh ann ar feadh i bhfad
ach léas i mbun na spéire
ag adhnadh spréachanna
is ag leathadh brainsí

Do dh'eitil dhá cholúr coille
thar raon mo radhairce
gan choinne as clais maingealaí
is nuair a fhéachas suas arís
bhí an stua méadaithe
ina fháinne déanta,
ina leathchiorcal cruinn.

D'fhásais-se leis orm
ar an gcuma chéanna
de réir a chéile, diaidh ar ndiaidh,
ní raibh ionat ar dtúis
ach fear mar éinne acu
nárbh fhiú liom féachaint id dhéidh sa tslí.

Ach baineadh tuisle asam
i mbarr an staighre
is do thiteas síos i ndiaidh mo chinn
agus nuair a fhéachas suas arís
bhís i do dhia beag déanta
do shúile ina gcaortha ag teilgean gathanna nimhe.

Anois tánn tú ag marcaíocht ar cheiribín is ag eitilt ar
    eiteoga an aeir.
Is féach, mar a shíneann boghaisíní ó bharraíocha do mhéar.

TOM MAC INTYRE

Rainbow

Showers about,
skyline glimmer,
velleities of light,

two pigeons clattered
from the mangels —
I looked again —
a rainbow owned
half the world,

so with you,
one to commence
like all the rest,
wouldn't give you
a second glance,

till I tripped
on the landing,
spun heels-over-head —
looked up —
the god loosed
his *coup de foudre* . . .

now you saddle cherubim,
coast the wind,
I watch rainbows stream
from the tips of your fingers.

NUALA NÍ DHOMHNAILL

Blodewedd

Oiread is barra do mhéire a bhualadh orm
is bláthaím,
cumraíocht ceimice mo cholainne
claochlaíonn.
Is móinéar féir mé ag cathráil
faoin ngréin
aibíonn faoi thadhall do láimhe
is osclaíonn

mo luibheanna uile, meallta
ag an dteas
an sú talún is an falcaire fiain
craorag is obann, cúthail
i measc na ngas.
Ní cás duit
binsín luachra a bhaint díom.

Táim ag feitheamh feadh an gheimhridh
le do ghlao.
D'fheos is fuaireas bás
thar n-ais sa chré.
Cailleadh mo mhian collaí
ach faoi do bhos
bíogaim, faoi mar a bheadh as marbhshuan,
is tagaim as.

Soilsíonn do ghrian im spéir
is éiríonn gaoth
a chorraíonn mar aingeal Dé
na huiscí faoi,
gach orlach díom ar tinneall
roimh do phearsain,
cáithníní ar mo chroiceann,
gach ribe ina cholgsheasamh
nuair a ghaibheann tú tharam.

JOHN MONTAGUE

Blodewedd

At the least touch of your fingertips
I break into blossom,
my whole chemical composition
transformed.
I sprawl like a grassy meadow
fragrant in the sun;
at the brush of your palm, all my herbs
and spices spill open

frond by frond, lured to unfold
and exhale in the heat;
wild strawberries rife, and pimpernels
flagrant and scarlet, blushing
down their stems.
To mow that rushy bottom;
no problem.

All winter I waited silently
for your appeal.
I withered within, dead to all,
curled away, and deaf as clay,
all my life forces ebbing slowly
till now I come to, at your touch,
revived as from a deathly swoon.

Your sun lightens my sky
and a wind lifts, like God's angel,
to move the waters,
every inch of me quivers
before your presence,
goose-pimples I get as you glide
over me, and every hair
stands on end.

Suím ar feadh stáir i leithreas
na mban.
Éiríonn gal cumhra ó gach orlach
de mo chneas
i bhfianaise, más gá é a thabhairt
le fios,
fiú barraí do mhéar a leagadh orm
is bláthaím.

Hours later I linger
in the ladies toilet,
a sweet scent wafting
from all my pores,
proof positive, if a sign
were needed, that at the least
touch of your fingertips
I break into blossom.

NUALA NÍ DHOMHNAILL

Dún

Id ghéaga daingne
ní bhfaighidh mé bás choíche,
ní thiocfaidh orm aon sceimhle,
ní líonfaidh orm anbhá.
Ní chloisfidh mé
ag gíoscán ins an oíche
fearsaid na cairte fuafair'
a ghluaiseann trí pháirc an áir.

Is dún nó daingean iad
do ghéaga i mo thimpeall,
do ghuailne leathana
am chosaint ar a lán.
Ag cuardach fothaine dom
ó gharbhshíon na cinniúna
tá gairdín foscaidh le fáil
idir do dhá shlinnéan.

Is sa ghairdín sin
tá beacha is ológa,
tá mil ar luachair ann
is na crainn go léir faoi bhláth
i dtús an fhómhair
mar ní thagann ann aon gheimhreadh
is gaoth an tseaca
ní luíonn air anáil.

Is lasmuigh dínn
tá críocha is ciníocha
ag bruíon is ag bunú sibhialtachtaí
ag puililiú ar an gclár.
Dá mbeadh ceithre creasa
na cruinne in aon chaor lasrach,
dá n-imeodh an cosmas
in aon mheall craorag amháin

EILÉAN NÍ CHUILLEANÁIN

Stronghold

In your fortress arms
I will never die
I will fear no evil
Terror will not strike me
I will not hear
The creaking in the night
The loaded wheels
Moving through the battlefield.

A safe stronghold
Your arms around me
Your broad shoulders
Shielding me from fate
Finding me a shelter
From the keen wind of life —
There is a secret garden
Between your shoulderblades.

And in that garden
There are bees and olive-trees
There is honey on the rushes
And the trees all in flower
In the early Autumn
— Winter never comes there
And the frosty breezes
Never blow there at all.

And beyond our circle
There are countries, peoples
Fighting, founding dynasties
Multiplying on the globe
If the four corners
Of the earth were one flame
If the whole universe
Were to fizz and explode

ba chuma liom, do ghéaga
a bheith i mo thimpeall,
níorbh ann do scáth nó eagla,
níorbh ann don ocras riamh.
Nuair a fhilleann tú mé
go cneasta isteach id bhaclainn
táim chomh slán sábháilte
leis an gcathair ard úd ar shliabh.

Coinnigh go daingean mé
laistigh don gciorcal draíochta
le teas do cholainne
le teasargan do chabhaile.
Do chneas lem chneas
do bhéal go dlúth lem béalaibh
ní chluinfead na madraí allta
ag uallfairt ar an má.

Ach níl in aon ní ach seal
i gcionn leathuaire
pógfaidh tú mé i mbarra éadain
is casfaidh tú orm do dhrom
is fágfar mé ar mo thaobh féin
don leaba dhúbailte
ag cuimhneamh faoi scáth do ghuailne
ná tiocfaidh orm bás riamh roimh am.

I couldn't care, your arms
Still solid around me,
No place for terror
No room for hunger.
When you fold me
In your gentle embrace
I am as safe and sound
As that city on a mountain

Hold me in your strong
Conjuring circle
With the heat of your body
The warmed, sound frame,
Your skin on my skin
Mouth on my mouth firmly
I will not hear the wolves
Howling on the plain.

All things are temporary
In half an hour
You'll kiss my forehead
And turn away and sleep
Leaving me on my side
Of the double bed
Reminded of sudden death
And building a wall against fear.

NUALA NÍ DHOMHNAILL

An Taobh Tuathail

Ar chuma na gealaí
in airde láin
seolann tú isteach
an seomra chugham.
Tánn tú i do mháistir
ar a bhfeiceann tú ann,
scáileanna an troscáin
is tonnlíonadh mo chroí bhig aiteasaigh.

Taoi ólta beagán,
tá leathmhaig ar do cheann,
do gheamaí is do gheaitsí
iomarcach.
Ní thugann tú faoi ndeara
go bhfuil do gheansaí bán
in aimhréidh is é iompaithe
taobh tuathail amach agat.

Tusa atá chomh cúramach
faoi do chom,
chomh feistithe is chomh néata
i do phearsain —
níl uaim le déanamh
ach siúl amach sa ghairdín
is suí ar an lána
is mo chumha a chaí leis an ngealaigh.

Mar ochón, mo chrá,
ach is fíor an rá
go bhfuil trí gháire
níos géire ná an bás fhéin —
gáire chú fhealltaigh,
gáire sneachta ag leá,
is gáire do leannáin
iar luí le bean eile dho.

PETER FALLON

Inside Out

Proud as the new moon
in all its glory
you sail into
the room to me.
Master of all
you survey there —
the swelling of my happy heart,
the polish of the furniture.

So you've been drinking!
Your head's in a whirl,
your poses and postures
all aswirl —
it's crumpled, dishevelled,
but you don't even see,
it's inside out,
your white jersey.

You,
you who are generally
so set in your ways,
who dress impeccably.
What else could I do
but collapse on the lawn,
away from it all,
and howl at the moon?

Because it's true, I'm afraid,
it's true what they say.
There *are* three smiles
that will leave you astray:
the grin of a dog as it turns on you,
the glisten of melting ice,
and the smirk of your lover
and him after sleeping with somebody else.

NUALA NÍ DHOMHNAILL

An Fhilíocht

Éinín clipithe a thuirling
lá
ar thairsing na fuinneoige
chugham.
N'fheadar cad as a dtáinig sé
nó cá
ngaibh sé nuair a fhág sé
fothain mo rúm.

Créatúirín sciotaithe,
ó Chríocha Lochlann,
do dhein sé nead dó fhéin
go faicheallach
istigh i mo bhaclainn,
do bhailigh fuinneamh, fuinneamh
nó gur chan sé scol
a sheol i dtaibhreamh mé
isteach i dtír nárbh eol

dom soir thar siar ná pé
áit go rabhas ag dul,
arbh lá nó oíche é
nó cad as a dtáinig an ceol,
i dtaobh thoir don ngealaigh
is i dtaobh thiar don ngréin
i ngairdín a bhí lán
de shútha craobh.

N'fheadar cár imigh sé nó fiú
cathain.
Bhí sé eitilte nuair a dhúisíos
ar maidin.
Osclaím comhla na fuinneoige
is ar an dtáirsing
fágaim méisín fíoruisce
is gráinní ruachruithneachtan.

TOM MAC INTYRE

Poetry

Almost spent
the small bird landed
on my window-sill,
don't know where from,
don't know where gone,

a scantling,
he nested — circumspect — in my arms,
got back his strength, began to sing.

I lost myself,
lost day and night,
followed the music
east of the moon
and west of the sun
and oh red-ripe the garden-o . . .

when I awoke
he was gone,

I open my window,
I place on the sill
the bowl of water,
the reddened grain.

NUALA NÍ DHOMHNAILL

An tSeanbhean Bhocht

Féachann an tseanbhean orm le neamhshuim is uabhar
as a súile tréigthe atá ar dhath na mbugha
ag cuimhneamh siar ar laethanta geala a hóige,
gur thrua go raibh gach ní chomh buacach san aimsir ollfhoirfe.
Canathaobh an uair úd nuair a chan éan
gurbh í an neachtingeal a bhí i gcónaí ann?
Canathaobh fadó nuair a thug leannáin chúichi
fleascanna bláth gurb iad na cinn 'orchidé en fleur'
ab fhearr a fuaireadar? Nó b'fhéidir ar laethanta fuara
sailchuacha cumhra. I gcónaí bhíodh buidéal seaimpéin
ar an gclár i mbuicéad ard leac oighre, bhíodh lása Charraig
      Mhachaire Rois
ar chaola a láimhe is bhíodh diamaintí ar sileadh óna cluasa,
muince péarlaí casta seacht n-uaire thart faoina bráid,
is ar a méireanta bhíodh fáinní luachmhara, go háirithe
ceann gur chuimhin léi a bheith an-speisialta — ceann
ar a raibh smeargaidí chomh mór le húll do phíopáin.

Féachann sí orm anois leis an dtruamhéil fhuar
a chífeá go minic i súile a bhí tráth óg is breá,
ag meabhrú di féin im' fhianaise, leath os íseal
is leath os ard, gur mhéanar don té a fuair amharc
ar an gcéad lá a shiúil sí go mómharach síos an phromanáid
mar ríon faoina parasól; ar na céadta céadta gaiscíoch
is fear breá a chuaigh le saighdiúireacht in arm na Breataine
nó a theith leo ar bord loinge go dtí na tíortha teo,
aon ní ach éaló ós na saigheada éagóra
a theilgeadh sí orthu de shíor faoina fabhraí tiubha.

Caoineann sí, ag monabhar faoina hanáil go bog,
an tréimhse fhada, achar bliana is lae,
ar thug sí an svae léithi mar bhanríon na bplainéad:
na leanaí a bheirtí nuair a théadh sí faoi loch
i ndaigh uisce i lár na cistineach,
múchadh nó bá an chríoch bháis a bhíodh orthu
is dob é an chroch a bhí i ndán do gach n-aon

CIARAN CARSON

The Shan Van Vocht

The faded cornflower blue of that old woman's eye
Stares through me — it's as if I wasn't there — back to where
The bright days of her youth shine through,
Lamenting all the halcyon monotony of that pluperfect time.
How come no common birds sang then,
Only nightingales?
How come her 'nice young men' would offer her,
Not just a bunch of flowers, but out-of-season orchids?
Or cold-weather, fragrant violets? And then, the eternal
Champagne on ice, the froth of lace at her wrists, diamonds
Dripping from her ears, pearls wound seven times
Around her neck, her fingers ponderous
With expensive rings, one with an emerald
As big as an Adam's apple.

That ice-blue pity stares through me, she
Whose eyes were radiant once with youth and blue fire —
How privileged they were, the poor unfortunates
Who caught a glimpse of her in all her majesty, gliding
On the promenade beneath a queenly parasol; the regiments
Of stricken youths who took to soldiering, who
Laboured in the White Man's Grave, anything
To flee the blue illicit lightning
She squandered from those eyes.

She's mumbling, babbling, murmuring
About that Long-Ago of a Year and a Day
When she held sway as Empress of the Zodiac;
And those who were born while she kicked and squealed
In a bath plonked down on the kitchen floor, well,
They were doomed to be drowned or smothered

a raibh de mhí-ádh air teacht ar an saol
nuair a bhí lúb na téide tarraingthe ar a muinéal.
Is iad siúd a chéadchonaic solas an lae
nuair a léimeadh sí sa tine gurbh é a ndeireadh
a bheith dóite is loiscithe le teann grá di féin,
chun gur thit na céadta ina sraithibh deas is clé
ní le grá bán nó breac ná grá pósta, mo léir
ach an grá dubh is an manglam dicé a leanann é.

Anois tá sí cancarach, ag tabhairt amach dom
ar dalladh. Tá sí bréan bodhar badráilte
ó bheith suite ina cathaoir rotha. Gan faic
na ngrást le déanamh aici ach a bheith ag féachaint
ar na ceithre fallaí. Rud eile,
níl na cailíní aimsire faoi mar a bhídís
cheana. Fágann siad rianta smeartha
ar an *antimacassar* lena méireanta salacha.
Fuair sí an píosa bróidnéireachta sin ó bhean
ambasadóra is bheadh an-dochma uirthi é a scaoileadh
chun siúil nó tré dhearmhad ligint dóibh siúd
é a mhilleadh.

Tugaim faoi ndeara nach nguíonn sí
sonuachar maith chúchu nuair a thagann siad
isteach leis an dtrádaire líonta síos go talamh
le gréithre póirseiléine, taephota airgid
is ceapairí cúcumair. Táimse ar thaobh na gcailíní,
is deirim léi cén dochar, go bhfuil siad fós óg,
is nach féidir ceann críonna a chur ar cholainn,
nach dtagann ciall roimh aois is gur mó craiceann . . .
is gur ag dul i minithe is i mbréagaí atá gach dream
dá dtagann: gach seanrá a thagann isteach i mo chloigeann,
aon rud ach an tseanbhean bhaoth seo a choimeád socair.

And the ill-starred ones who came into the world
When the noose got tighter on her neck
Were doomed to be strung up
And those first smitten by the light of day
While she danced in the fire
Were doomed to be burned-out, dazzled and frazzled
With all-consuming love for her
So that it came to pass that they were mowed down
In their hundreds, left and right, not with love
That you or I know, no, not with ordinary love
But with a gnawing, migraine-bright black lust
And galloping consumption.

She's getting to be cranky, cantankerous
And cancered, slabbering of this and that, straight-
Jacketed to her wheelchair, locked
Into self-pity, whingeing on and on — damn
All to do all day, but stare at these four walls.
And servants, of course, aren't what they used to be.
Look how these two chits of girls
Have smeared their greasy paws on the antimacassar.
And that embroidered tablecloth — you know the
    ambassador?
Well, his wife gave that to her. And she wouldn't like
To see it ruined by those same two hussies.

And here they come now, tinkling in
With an overloaded tray — china tea-set, silver pot,
The dreaded cucumber sandwiches. Not a word from her,
I notice, about *their* prospects. Well, I'm on their side
And I mutter something, that they're young yet, that wisdom
Only comes with age, that you can't put an old head on young
    shoul- . . . .
Folly, I'm saying, gets worse with every generation:
Anything, every old cliché in the book, anything at all
To get this old bitch to shut the fuck up.

NUALA NÍ DHOMHNAILL

Ag Tiomáint Siar

Labhrann gach cúinne den leathinis seo liom
ina teanga féinig, teanga a thuigim.
Níl lúb de choill ná cor de bhóthar
nach bhfuil ag suirí liom,
ag cogarnaíl is ag sioscarnaigh.

Tá an Chonair gafa agam míle uair
má tá sé gafa aon uair amháin agam.
Fós cloisim scéalta nua uaidh gach uile uair,
léasanna tuisceana a chuireann
na carraigreacha ina seasamh i lár an bhóthair orm
faoi mar a bheadh focail ann.

Inniu tá solas ar Loch Geal
á lasadh suas mar a dheineann an Cearabuncal
uair gach seachtú bliain nuair a éiríonn seal
aníos go huachtar na loiche is croitheann
brat gainní dhi. Bailíonn
muintir na háite na sliogáin abhann seo mar bhia.

Is ar mo dheis tá Cnocán Éagóir
mar a maraíodh tráth de réir an scéil
'seacht gcéad Seán gan féasóg,'
is na Sasanaigh ag máirseáil ar Dhún an Óir.
As an gceo

nochtann leathabairt díchéillí a ceann —
'nóiníní bána agus cac capaill'.
Scuabann a giodam rithimiúil
síos isteach 'on Daingean mé.

MICHAEL COADY

Driving West

Every nook of this peninsula can speak to me
in its own tongue, in words I understand.
There's not one twist of road or little grove
that can't insinuate its whispered courtship at my ear.

I've crossed the Conor Pass a thousand times
if I've gone once, yet each time it unveils
new stories, revelations clear to me
as rocks along the road, as actual
as words articulated.

Loch Geal bedazzles me today, as when,
each seventh year, the great Carbuncle
heaves up from the deep and shoulders
into air to slough her scales — freshwater
shellfish that the people gather.

And there's Cnocán Éagóir, still peopled
by a tale of *seven hundred beardless Seáns*
butchered as the English
marched on Dún an Óir.
Out of the mist

a jingle swims nonsensically —
little white daisies and horse-dung.
It sends me lilting on my way
and sweeps me down to Dingle.

NUALA NÍ DHOMHNAILL

Cailleach

Taibhríodh dom gur mé an talamh,
gur mé paróiste Fionntrá
ar a fhaid is ar a leithead,
soir, siar, faoi mar a shíneann sí.
Gurbh é grua na Maoilinne grua
mo chinn agus Sliabh an Iolair
mo chliathán aniar;
gurbh iad leaca na gcnoc
mo loirgne is slat
mo dhroma is go raibh an fharraige
ag líric mo dhá throigh
ag dhá charraig sin na Páirce,
Rinn Dá Bhárc na Fiannaíochta.

Bhí an taibhreamh chomh beo
nuair a dhúisíos ar maidin
gur fhéachas síos féachaint an raibh,
de sheans, mo dhá chois fliuch.
Ansan d'imíos is dhearmhadas
a raibh tarlaithe, ó,
tá dhá bliain is breis
anois ann, déarfainn
go dtí le fíordhéanaí
gur cuireadh i gcuimhne arís dom
fuíoll mo thromluí
de bharr líonrith m'iníne.

Bhíomair thíos ar an dtráigh
is bhí sí traochta.
Do chas sí abhaile
ach do leanas-sa orm ag siúl romham.
Ní fada gur chuala í
ag teacht chugham agus saothar uirthi,
í ag pusaíl ghoil le teann coisíochta.

JOHN MONTAGUE

Hag

Once I dreamt I was the earth,
the parish of Ventry its length and breadth,
east and west, as far as it runs,
that the brow of the Maoileann
was my forehead, Mount Eagle
the swell of my flank,
the side of the mountain
my shanks and backbone,
that the sea was lapping
the twin rocks of my feet,
the twin rocks of Parkmore
from the old Fenian tales.

That dream was so real
that when I woke next morning
I glanced down to see if, perchance,
my feet were still wet.
Then off I went, and promptly forgot
all about my vision until,
O, when was it exactly, nearly
two years later, the fright
of my daughter stirred again
the dregs of that dream.

We were strolling the strand
but she was so dead-beat
she turned towards home, while
I trudged onwards alone.
Before I got far, I heard
her come running back, snivelling
and sobbing at every step's breath.

'Cad tá ort?' 'Ó, a Mhaim, táim sceimhlithe.
Tuigeadh dom go raibh na cnoic ag bogadaíl,
gur fathach mná a bhí ag luascadh a cíocha,
is go n-éireodh sí aniar agus mise d'íosfadh.'

'What's wrong?' 'O, Mam, I'm scared stiff,
I thought I saw the mountains heaving
like a giantess, with her breasts swaying,
about to loom over, and gobble me up.'

NUALA NÍ DHOMHNAILL

Iarúsailéim

Nuair a chuimhním ort
líonann de bhainne mo chíocha.
Is mé Iarúsailéim, an chathair naofa
mar a bhfuil mil agus uachtar
ag gluaiseacht ina slaodaibh.
Tá mo mháithreacha leagtha ar charrmhogail,
mo dhúshraith ar shaifírí.
Tá binn agus buaic orm déanta de rúibíní,
is de chriostal mo chuid geataí.

Ar ndóigh, ní déarfaidh mé leat é.
Beag an baol, mhuise — gheofá ceann ataithe.
Ní thabharfainn an oiread sin sásaimh duit
le go gceapfá gur le teann grá é.
Bí cinnte dhe nach bhfuil aon leigheas agam air,
ná a mhalairt,
níl ann ach gur baineannach mé
de chuid na n-ainmhithe mamalach.

TOM MAC INTYRE

Jerusalem

Thinking of you
milk fills my breasts.
I'm Jerusalem, the holy city,
the milk-and-honey flow,
carbuncle and sapphire
ground me, rubies
my gable and my roof-tree,
the gates are of crystal . . .

I won't tell you,
you'd get a swelled head.
Nor would I satisfy you
to think I have it *that* bad.
Rest assured, for my condition
there's no cure known.
I declare myself helpless.
Say: I'm a woman,
milk fills my breasts.

NUALA NÍ DHOMHNAILL

Fear

Bain díot do chuid éadaigh
ceann ar cheann,
do threabhsar is do bheist
líontánach liath.
Cuir do chuid spéaclaí
ar an gclabhar
in aice do chíor
is do haincisiúr.

Is siúil chugham trasna
an urláir ar dheis
go bun na leapan
chun go bhfaighead deis
mo shúile a shíneadh
thar an niamh dorcha id chneas
thar na míorúiltí is áilleachtaí
i do chabhail.

Is ná bí grod ná giorraisc
liom anocht,
ná fiafraigh díom 'cén chaoi?',
ná brostaigh ort,
tuig nach lú a fhéadaim
i bhfianaise do dhea-nocht
mo shúile a líonadh
ná iad a dhúnadh ort.

A fhir atá chomh fada
as do ghéag
chomh leathan as do ghualainn
is do thaobh,
fainge fionn fireann
ó bhaitheas go bearradh iongan
is do bhall fearga
cumtha dá réir,

EILÉAN NÍ CHUILLEANÁIN

Looking at a Man

Take them off,
One by one,
Trousers and worn
Grey singlet,
Put your glasses
On the shelf
Alongside comb
And handkerchief.

And walk across the floor
On my right hand
To the foot of the bed
Until I can run
My eyes all down
The dark valleys of your skin,
Let them stroke
The wonderful bones.

And don't be impatient
With me tonight,
Don't prompt me, 'How will we do it?'
Relax, understand
How I can hardly, faced
With the naked evidence,
Satisfy my eyes
Or close them, even to touch

Man, so long
In your limbs,
So broad-shouldered,
Fine-waisted,
Fair, masculine
From hair to toenails
And your sex
Perfect in its place,

ba chóir go mórfaí tú
os comhair an tslua,
go mbronnfaí ort
craobh is próca óir,
ba chóir go snoífí tú
id dhealbh marmair
ag seasamh romham
id pheilt is uaireadóir.

You're the one they should praise
In public places,
The one should be handed
Trophies and cheques.
You're the model
For the artist's hand,
Standing before me
In your skin and a wristwatch.

NUALA NÍ DHOMHNAILL

Comhairle Ón mBean Leasa

De ghnáth
nuair a théim ar mo chuairt oíchiúil
isteach sa lios
cuireann siad suandruga isteach sa chaifé chugham
ag cinntiú
go ndearmhadaim a bhfeicim is a gcloisim
sara dhúisím,

is fiú
an díolaíocht a gheibhim
ó am go ham
toisc dúthracht bheag a dhéanamh dóibh —
oibreacha stáit, cuirim i gcás, a sholáthar
nó comhaid rúnda
fo-bhean óg, b'fhéidir, a fhuadach
nó cluiche caide a bhuachtaint

i gcoinne na treibhe úd thall,
bhuel, bíonn cosca allmhuirithe chomh dlúth
i bhfeidhm acu
is ráta malairte chomh docht
go bhfágtar gan éifeacht ar maidin mé.
(Chualabhair cheana, ní foláir,
i dtaobh na mbileog sráide
is conas a bhíonn mo phócaí lán
de chlocha is de chac capaill.)

Ach arú
aréir is mé ag taisteal leo sa bhFrainc
(mo sheanbhéim chéachta mar *Landrover* fúm
i gcónaí)
chuamair isteach i bhfíonghoirt na Burgóine,
áit a raibh bleaist beag seaca
le leagadh acu ar na *vendanges*
— ceist mós deacair i dtaobh tairiscint éigin
ná féadfaí diúltú dhó —

PAUL MULDOON

The Heist

Every night it's the same old story;
I make my way
into the *Otherworld Club* or the *Faerie Queen*
where someone slips me a Mickey Finn
or puts a knock-out pill in my coffee
so that by the time I come to
I've forgotten all I've seen and heard.

As for the small retainer
they pay me for my 'services' —
be it steering a government tender their way
or masterminding the kidnapping
of some heiress, say,
or fixing the outcome of a hurley-match —

well, their currency restrictions
are so rigidly enforced
and their rate of exchange so unfavourable
that I usually end up without a red cent.
(You'll have heard, no doubt,
of the dock-leaf episode,
not to speak of the number of mornings
my pockets are full of stones and horse-shit.)

The night before last, however,
I had followed the crowd to France
(my plough, as usual, had been metamorphosed
into a Landrover)
and we were driving through Burgundy;
this had something to do with an offer
that couldn't be refused
so their plan was to give the vineyards
a short, sharp shock of frost.

is d'fhág bean dhorcha an slua,
tháinig i leith chugham
is thug comhairle dom i dtaobh na bhfíonta ab fhearr
sa taobh seo dúthaigh.
Ghlacas a comhairle, cheannaíos mo dhóthain
is aililiú
sa deireadh, gan éinne ag cur chugham nó uaim,
d'éirigh liom dosaen go leith buidéal den *Phinot Noir*
is fearr,
a thabhairt thar na fir chustaim.

In any case, one shady lady left the fairy-host
and sidled up to me
and advised me that the best bargains in wine
were to be had in this neighbourhood.
I took her advice and snapped up all I could
and Glory Be!
if I didn't smuggle a case and a half
of a superlative Pinot Noir
right past the noses of Her Majesty's Customs.

NUALA NÍ DHOMHNAILL

Aubade

Is cuma leis an mhaidin cad air a ngealann sí —
ar na cáganna ag bruíon is ag achrann ins na crainn
dhuilleogacha; ar an mbardal glas ag snámh go tóstalach
i measc na ngiolcach ins na curraithe; ar thóinín bán
an chircín uisce ag gobadh aníos as an bpoll portaigh;
ar roilleoga ag siúl go cúramach ar thránna móra.

Is cuma leis an ghrian cad air a n-éiríonn sí —
ar na tithe bríce, ar fhuinneoga de ghloine snoite
is gearrtha i gcearnóga Seoirseacha: ar na saithí beach
ag ullmhú chun creach a dhéanamh ar ghairdíní
     bruachbhailte;
ar lánúine óga fós ag méanfach i gcomhthiúin is fonn
a gcúplála ag éirí aníos iontu; ar dhrúcht ag glioscarnach
ina dheora móra ar lilí is ar róiseanna; ar do ghuaille.

Ach ní cuma linn go bhfuil an oíche aréir
thart, is go gcaithfear glacadh le pé rud a sheolfaidh
an lá inniu an tslí; go gcaithfear imeacht is cromadh síos
arís is píosaí beaga brealsúnta ár saoil a dhlúthú
le chéile ar chuma éigin, chun gur féidir
lenár leanaí uisce a ól as babhlaí briste
in ionad as a mbosa, ní cuma linne é.

MICHAEL LONGLEY

Aubade

It's all the same to morning what it dawns on —
On the bickering of jackdaws in leafy trees;
On that dandy from the wetlands, the green mallard's
Stylish glissando among reeds; on the moorhen
Whose white petticoat flickers around the boghole;
On the oystercatcher on tiptoe at low tide.

It's all the same to the sun what it rises on —
On the windows in houses in Georgian squares;
On bees swarming to blitz suburban gardens;
On young couples yawning in unison before
They do it again; on dew like sweat or tears
On lilies and roses; on your bare shoulders.

But it isn't all the same to us that night-time
Runs out; that we must make do with today's
Happenings, and stoop and somehow glue together
The silly little shards of our lives, so that
Our children can drink water from broken bowls,
Not from cupped hands. It isn't the same at all.

NUALA NÍ DHOMHNAILL

Mo Theaghlach

Ag seo agaibh, go hachomair, mo theaghlach
an teaghlach a d'fhág meidhreach mo chroí.
Ins an seomra suite tá mo dheirfiúr Aoife
ar a corraghiob ag bailiú pinginí
a thit laistiar den dtolg is den bpianó
rianta deireanacha a spré a chuaigh amú,
deir sí an fáth go bhfuil sé ag imeacht i mbóiléagar
ná an rud a bhailíodar de dhroim an diabhail
gur faoina bholg arís a imíonn sé, airiú.

Ins an seomra folcaidh tá m'uncail Dónall
ag dul faoi loch sa dabhach mar fhomhuireán.
Is dóigh leis má choimeádann sé a cheann síos
ná tabharfaimid faoi ndeara é a bheith ann.
Táimse mór leis is tuigim an stair atá laistiar de
an fáth gur fuath leis caint, cadráil nó biadán,
is nuair a théim thar bráid, tugaim trí rap ar an ndoras
ag fógrú dó go bhfuil aige *All-Clear*.

Ins an dtolglann níl aon tine ins an ngráta
ach é tógtha suas ó bhonn ag crann mór groí
atá préamhaithe i lúidín clé mo dhearthár
is a fhásann aníos tré dhíon is tré fhraitheacha an tí.
Deirtear go b'ann a chuir cailín éigin mallacht air
de bhrí gur dhein sé éigean uirthi bliain
leadránach éigin thiar ins na caogadaí.
Ní stopann sé ach ag slogadh *aspirin* leis an bpian.

Sa seomra leapan taobh thiar den leaba dhúbailte
tá cófra mór agus doras uaithne air.
Laistiar de tá dhá leanbh ar bheagán meabhrach
ná tagann amach riamh faoin ngaoth nó faoin ngrian.
Tá siad á gcoimeád ann ar chuma na *Hairy Babies*
a mhair áit éigin thuaidh in aice le Trá Lí.
N'fheadar éinne againn i gceart cé hí a máthair
is tá náire orainn go léir gur saolaíodh iad.

EILÉAN NÍ CHUILLEANÁIN

Household

My household. This is the shape of it, more or less,
The ways it has of gladdening my heart:
Look in the living-room, there's my sister Eva
Down on her hunkers picking up the pennies
That fell down behind the sofa and the piano —
The last scraps of her fortune she went through.
She says the reason it flew so fast
Is, what you get off the devil's back you lose
Under his belly, more's the pity.

Try the bathroom. My Uncle Donal
Submerges like a U-boat in the tub.
He thinks if he keeps his head under water
We'll never notice that he's there.
I get on with him, I know the whole story,
And why he is afraid of gossip and talk.
I give three raps on the door when I go past —
A signal between us to give him the *All-Clear*.

In the parlour the grate is empty,
The whole room is taken up with a great tree
Its root spreading from under my brother's left toenail,
Branches growing up through the roof and the rafters.
It's supposed to be a curse a girl put on him
When he laid heavy hands on her one time
Donkeys years ago, back in the fifties.
He's forever eating aspirins with the pain.

In behind the big bed in the master bedroom
There's a hidden press with a door painted green.
Behind the door two half-witted children
Never come out, rain or shine.
They're kept in there just like the Hairy Babies
That used to live up north beside Tralee.
None of us rightly knows who the mother is;
We are all of us ashamed they were ever born.

Thíos sa siléar a gheofá an file filiúil
col ceathar dúinn atá leochaileach, feosaí.
Bhíodh sé de shíor is choíche ag cumadh píosaí filíochta
is ár mbodhradh leo go dtí gur chuireamair gobán ar a bhéal.
Fuadaíodh é is cuireadh ceangal na gcúig gcaol air
is ar chuma éigin bíonn sé chomh mallaithe leis an ndiabhal
uair 'má seach go n-éiríonn leis teacht aníos chughainn
ba dhóigh leat go raibh adharca air is é ag tarrac slabhraí ina
    dhiaidh.

Sa seomra rúnda a chíonn sibh i mbarr an staighre
tá seanbhean a bhíonn de shíor ag eascainí.
Ní thógann éinne aon cheann a thuilleadh dá healaí
go háirithe nuair a éilíonn sí gurb í Caitlín Ní Uallacháin í.
Bhuaileas-sa léi lá is gan í ródhona
is dúirt sí liom gurb é a hainm ceart ná Grace Poole.
N'fheadarsa ó thalamh Dé cé bhí i gceist aici
is fiú dá mbeadh a fhios fhéin ar Éirinn ní neosfainn cé hí.

Amuigh ar an ndíon, ins an seanchás tae is both dó
tá seanduine leis féin i bhfolach ón slua.
Caitheann tú dul thar dhroichead clár chun teacht air
is ní maith leis daoine a chuireann air aon dua.
Tá sé ráite go maireann sé go sona sásta
le *harem* breis is trí fichid leannán sí.
Tá sé ráite gur dhúnmharaigh sé mo mháthair.
Tá sé ráite gurb é m'athair críonna é.

Down in the cellar you'll meet the bardic poet,
A first cousin that was always bad with his nerves.
He was forever coming out with bits of rhymes
And he'd deafen us with them till we put the muzzle on him.
We had him put in a strait waistcoat —
He's as cross as the devil anyway;
If he manages an odd time to climb the stairs
You'd swear you saw something with horns, dragging a
     chain.

In that secret room you see at the top of the stairs
There's an old one that's never done cursing.
Nobody pays any notice, especially not
When she screams that she is Caitlín Ní hUalláchain.
I met her one time on one of her good days
And she told me her real name was Grace Poole.
I haven't the least idea what she was talking about,
And if I had — I dare not breathe her name.

Out on the roof living in a tea-chest
There is an old man alone keeping out of trouble.
You have to cross the plank bridge to find him
And he isn't fond of people who come asking questions.
The story goes that he lives like a pasha
Up there with a couple of dozen succubi;
The story goes that he murdered my mother.
The story they tell is that he is my grandfather.

NUALA NÍ DHOMHNAILL

Ceist na Teangan

Cuirim mo dhóchas ar snámh
i mbáidín teangan
faoi mar a leagfá naíonán
i gcliabhán
a bheadh fite fuaite
de dhuilleoga feileastraim
is bitiúman agus pic
bheith cuimilte lena thóin

ansan é a leagadh síos
i measc na ngiolcach
is coigeal na mban sí
le taobh na habhann,
féachaint n'fheadaraís
cá dtabharfaidh an sruth é,
féachaint, dála Mhaoise,
an bhfóirfidh iníon Fhorainn?

PAUL MULDOON

The Language Issue

I place my hope on the water
in this little boat
of the language, the way a body might put
an infant

in a basket of intertwined
iris leaves,
its underside proofed
with bitumen and pitch,

then set the whole thing down amidst
the sedge
and bulrushes by the edge
of a river

only to have it borne hither and thither,
not knowing where it might end up;
in the lap, perhaps,
of some Pharaoh's daughter.

Acknowledgements

Acknowledgement is due to the publishers of *An Dealg Droighin* (The Mercier Press, 1981) and *Féar Suaithinseach* (An Sagart, 1984) in which some of these poems in Irish were collected first. Special thanks are due to An tAthair Pádraig Ó Fiannachta, to Deirdre Davitt / Bord na Gaeilge and to the Authors' Royalty Scheme of the Arts Council / An Chomhairle Ealaíon for its contribution to the translation of these poems.

Nuala Ní Dhomhnaill expresses her special gratitude to the translators of her work and thanks An Roinn le Béaloideas Éireann / The Department of Irish Folklore, University College, Dublin, for allowing access to the Corca Dhuibhne collection of the manuscript archive.

Index of translators